るい

その向こうの世界

摘今日子
Tsumu Kyoko

目次

本書は雑誌『あとらす』（35・36号）に発表した「夏雲」を改稿、改題したものです。

プロローグ

一人娘の母は二三歳のときカルチャーセンターに絵を習いに行き、そこの講師だった父と恋愛してまもなく結婚した。

母の生家はJR神戸駅北の湊川神社（通称楠木神社）の真向かいに面する薬局で、この辺りは裁判所や図書館、体育館、文化会館等といった公共施設の多い文化ゾーンだ。母と共に薬局を経営する祖母はお洒落で若々しく、化粧っ気のない母とよく姉妹に間違われ、それでいてそのことを非常に喜んでる風だった。

祖母は娘の見つけてきた定収入のない無名画家との結婚を、最初は猛反対していたらしいが、娘の並々ならぬ恋にあきらめると、急に態度を一八〇度変化させ、係累の少ない父を、養子にいい縁とばかりに迎え入れた。

そしてそれまで青空駐車場にしてきた薬局の隣の七〇坪ほどの土地に五階建てのビルを建て、五階を自分たちの住居と父のアトリエ兼絵画教室、四～二階を貸事務所、一階は歯科と自分たちの薬局に割り当てた。

ビルは駅にわずか一〇分足らずという地の利と、元の薬局を駐車場にしたことで竣工と同時にすぐに満室となった。もっともこれは祖父の遺志を実行したまでにすぎないらしいが。五階のベランダからは、楠木の緑ゆたかな神社の境内とその社が、まるで大型船が停泊しているかのように見渡せた。

私の記憶の底には、アトリエから肩を叩きながらベランダに出てきた父が、この繁みによく魅入っていた姿が焼き付いている。

不幸はある日突然やってくる。

そしてこの朝の気が遠くなるような平和で、くったくのないひとときを生涯忘れることが出来ない。

「おい。公子、やっと完成したよ。今度は非常にうまくいった。僕の絵の中では最高の出来ばえだよ」

「すごい！　すごいやないの。ちょっと待って、すぐに行くから」

ダイニングからそういう声がして、間もなくリビングに母が入ってきた。

「るいちゃん。パパがね、傑作を描いたんやって、見に行こう」

目がトロピカルに輝いている。

「い、く！　い、く！」

私は今まで遊んでいたリカちゃん人形をほりだして、母の方に駆け寄よった。母の弾んだ声に何か特別いいことがあるように思われたから。

アトリエの壁という壁は、父独特の巨木の幹にうねるように絡まる蔓や、丸くて厚ぼったい葉、サボテンのようにとがった葉先が連なる熱帯雨林の絵で埋め尽くされていた。そしてそこに立つと、まるで本物の密林の中にいるかのようだった。

二人はお猿たちが黄緑色の蔓の絡まる幹によじ登って、赤い実やオレンジ色の実を奪い合ったり、巣に黄色い羽を広げて卵を抱く親鳥の絵を見ながら、かなり興奮してるようだった。幼い私には何が何だかわからなかったが、そんな様子にただ何となく嬉しくなって床に転ぶと、ぐるぐる身体を回転させてはしゃぎ回った。

父は目の前に転がってきた私を引っ張り上げると、「こら！　この腕白娘、もうすぐお姉ちゃんになるのに、駄目じゃないか！」と羽交い締めにした。

私はとらわれた恐怖と喜びのために、身体をバタバタして逃れようと奇声を上げて騒ぎ立てた。父はそんな私をさらに強く抱きしめると、

「るい。今日は朝メシが終わったらパパと一緒に有馬温泉の元湯にでも行ってひと風呂浴びてくるか」と上機嫌だった。

そのとき母は強く反対した。虫の知らせとでも言うべきものだろうか。

「あなた、今日は雨が降ってるし、山沿いは滑りやすいからやめた方がいいんと違う」とか、

「昨日はほとんど寝てないんと違う?」とか言って。

結局言い始めたら聞かない父の気性に負けた母は、それでも私たちのために温泉行きの支度を整えてくれた。

もしもこの温泉行きが取り止めになっていたら……。

過去に幾度、天に向かってこの言葉を吐いてきたであろう。助手席の窓を叩いて母はこぼれるような笑顔で手を振った。

この瞬間にわが家の幸せが終わったといえる。

母の心配は的中した。大型トラックが多い六甲トンネルを抜けた場所で事故は起きた。雨でスリップした父の車は対向車のトラックに衝突、父は即死。私は、……奇跡的に助かった私は、このとき、右の頬を失った。

しかもそのショックで母までもが待ち望んでいた二人目の子を死産した。

でも不思議とこの事故の身体的な苦痛の記憶はない。記憶に残っているのは、病院で目覚めたときに私の手を握りしめた母のあたたかい手の温もりと、私を見つめて微笑んだ影ににじむ悲しげな表情だった。だがこのときの母の微笑に、幼いながらもなぜかもうこれ以上泣いてはいけないのだと思った。

そんなわけで病院では泣かない子で通った。苦痛にも耐える辛抱強い子としてほめられた。三本折れた肋骨は時間とともに治ったが、最悪の挫滅創にケロイド体質が重なり、右頬に醜い縫合痕を残した。

当然入学式には行けなかったが、ベッドの枕元にはつやつやした赤いランドセルと教科書が届けられ、うっすらとした記憶には、その後担任の先生が花束を持って来てくれたことや、先生が男の人のように短い髪をしていて、そのはっきりした口調に縮み上がって布団の中に隠れたのを覚えている。

母は「困った子ね」と言いながら布団をめくり、先生も「一人っこさんだから、恥ずかしがりやさんなんですよ」とクスクス笑い、「ほーれ。湯川さん、見ーつけた。さーてさて、これはクラスのみなさんからあなたへのお見舞いですよ」と花束と一緒に持ってきた画用紙を拡げてみせた。

一年二組の大文字の左右に、チューリップやたんぽぽ、すみれの花々が風に舞うように飛び、その周りをまだ会ったことのない友の名が色とりどりに躍っていた。その時点ではまだ自分の不幸に気づいていていなかった。

I　思春期

傷跡を見て泣いたのは二ヶ月間の入院を終えて家に帰り、ガーゼを外した自分の顔を鏡に見たときだ。そこには「べっぴんさん」と言われてきた、あの得意気な私の顔はなかった。私は鏡の中の自分に怯え、悲鳴を上げた。

「ママー、ママー、怖いよ、怖いよ。…るいの顔がお化けだよー。ママー、ママー、るいの顔をもとに戻して」

母は引きつった皮膚を必死に剥がそうとする私を、まるで赤ん坊をあやすかのように抱きしめた。

私の耳の底にはそのときの母の、切れ切れの言葉が泣き声のように残っている。

「るい。……るいは私の大切な宝物なの。…神様はね、……ママのためにるいを生かしてくれたの。……るい、……その内に、……きっとその内に、もっともっといいおクスリができて、元のるいに戻れるわ。……だから、……だから、その日が来るまでがんばるのよ。おばあちゃんもママも一緒にがんばるからね」

このときの「私の宝物」と言った言葉や、「いいクスリができて元のるいに戻れる」と言った言葉は幼いながらも深く胸に染み入り、どんなに励みになったことか。

学校に行くようになったのは、入学式からぐっと遅れて、行き始めてまもなく夏休みを迎えたような気がする。

しかもそこに到るまで、学校に行くのを嫌がってずいぶん母を困らせた覚えがある。その頃はまだ傷口を見られるのが嫌だとか、そんな意識はなかったように思われる。きっと命を取り留めたばかりに甘やかされ、幼児返りでもしていたのだろう。

記憶にはぐずって母の後追いをしたり、主張が通るまでごねていた自分が残っている。母はなんとかして学校に行かせようとしていたらしい。

毎朝私を校門の前まで連れて行き、鉄柵の隙間から運動場を走り回る生徒たちを眺めさせては、

「ほらほら、見てごらん。ああー、あ、玉をぶっつけられた」と楽しそうに声を上げ、「あれはドッジボールといって、あんな風にボールが受けられなくて、ぶっつけられたら負けになるのよ。るいも早くドッジボールをするようにならないとね」と言ったり、店の奥でドリルを教えながら「……学校に行けばドリルにない知らないことを、もっともっと教えてもらえるし、お友達も大勢できて面白いことも沢山あるのよ。るいは性格がいいからきっとみんなに好かれるわよ」

と盛んに私の興味を煽った。母の成果が功を奏したのか、私は次第に学校は楽しい所なのだと思うようになり、ついに行くことになった。だが楽しい場所だとした期待も、初登校で一転して暗い思い出へと化してしまった。

先生が私を紹介するためにわざわざ教壇に呼び寄せたのだ。

教壇に立って不意に泣き出す私、なぜ泣いたのだろう。

……そう、きっとそうだ。皆の視線に、…あの傷口を刺すような視線に怯えたのに違いない。今もなお私を平常心から引き剥がす、あの同情と好奇の入り混ざった視線に。私に暗い未来が引かれたのはこのときからかも知れない。

だがこの事故が青春の真只中ではなく幼児期であったことに感謝している。

傷を意識し始めたのは三年に進みクラス変えした時からで、それもみんなの前で、男子生徒に頬を引っぱられる、という屈辱を味わってからだ。

忘れもしないが最初の一言が、

「これ、痛いか?」で、顔をしかめると、

「やっぱり、普通の皮膚や」だった。

周りの生徒たちは一斉に笑った。中には私にも触らせてと言う子さえいた。

そんな中、幼稚園もこれまでもずっと一緒だった村井君だけが、猛然と私をかばった。

「そんなん、かわいそうやないか。湯川の傷は事故やねんから」

「そんなこと、誰も知ってる。けどなー、あの虫食い葉みたいなほっぺた、前から一回、触ってみたかったんや」

「そやけど、自分があなって、今みたいなことされたらどうする?」

「皆に触らしたげる」

「なんやてー」

結局大騒ぎになり、先生が来てその場は収まった。

だがこのとき、私は自分の頬が他人の目にどう映るかを、はっきり自覚した。


虫食い葉のようなほっぺた。

安川君の言葉は私の心をずたずたに切り刻んだ。

すぐにでも死んでしまいたかった。

その夜私は母の前で頬を引っぱって「手術して、手術して」と泣き喚いた。

小学三年にして初めて絶望という言葉の意味を知り、打ちひしがれた日だった。

それから一週間、声が出なくなり、一ヶ月近く学校を休み、それ以後人前に出るのを極端に嫌がった。私は頬を引っぱった安川君をひどく憎み、クラス全員を、私をかばってくれた村井君さえも、先生までもが嫌いになった。だが、こうした状況で学校を続けられたのは、母の私への献身的な愛と、あの影ににじむ微笑みの意味を本能的に嗅ぎ取っていたからだ。

母は私の傷跡の治療に心血を注いでいる風だった。

将来行う予定の移植手術にしても、私のケロイド体質を憂慮してか、果たしてほんとうに綺麗になれるのかとずいぶん迷ってる風だった。

学校にしても傷口の配慮からか中学からカトリック系の女子校に入学させた。電車通学は苦痛であったが男女共学よりはましだった。

校風はカトリック的な博愛精神に満ち、グラウンドは明るい笑い声で溢れていたが、傷跡を気にするあまりか、その笑い声にすら時々ドキンとしそのせいか何事にも引っ込み思案でなかなか人の輪に入っていけなかった。

ときには勇気を奮って、傷跡など気にしないとばかりに明るく振舞うこともあったが、それはいかにもわざとらしく、気づくと周囲の空気がしらっと白けていたりした。そんな性格が鬱陶しいのか、中高を通して友らしい友が一人もいない。だがこれもほんの日常茶飯事、いまさら孤独感なんてない。

自殺を図ったのは、たまたま学校帰りの電車で乗り合わせた、クラスメートたちの前で繰り広げられた出来事が原因だ。

座席に座ると間もなく、四、五歳くらいの女の子が、ちょこちょこと私たちの所にやってきた。そしてまず一番近場の友の膝に手を置いて愛想をふりまき、次々と愛想をふりまき、最後の四人目、つまり私の膝に手を置きかけて急にじっと顔を見つめ、「おねえちゃん、おねえちゃんのほっぺ、おけがしたの。かわいそう。ゆうこ、なおしたげる」と頬に手を伸ばしかけた。ギョッとした。

一瞬バンと頭が弾けて、その瞬間、反射的に子供の手を振り払った。決して力を入れたわけではない。がその拍子に子供は危うく転びかけた。

（あっ！）咄嗟に腰を浮かして強く子供の手を引いた。

途端に子供は大きく目を見開いて私を見つめ、みるみる泣き出した。

「ママー、ママー、おねえちゃんがこわいよー」

火が付いたような泣き声に母親はあわてて子供の方に駆け寄ると、その後私に目を向けてはっと視線を逸らせた。それから、

「ゆうちゃん。おねえちゃんはね、ゆうちゅんが転ばないように手を引っ張って下さったのよ」と子供を抱き寄せ、

「御免なさいね。この子、泣き虫なの」と言いわけとも慰めともつかない態度で謝った。乗客たちの眼は一斉に私と私の傷口へ向かった。友たちも困惑したかのように押し黙った。

このときあれほど人目につくのを恐れ、戒められていた右頬がいいようのないうめき声を上

げた。周囲の目がなかったら、せめて友さえいなければ、私は、いいえ、この右頬の方こそ、きっと大声で泣き喚めいていたであろう。こうなれば私を支えている左頬も右頬同様、いいえ、いっそのこと顔全体がつぶれていた方がましだった。そうすれば私という存在を抹殺出来たはずだから。

その夜、絶望をかこった私は、店からこっそり睡眠薬を持ち出して、それを飲み下した。だが神は無垢な次の世を望む私を裏切った。

悔しくも私は嫌というほどの胃洗浄に苦しんだあげく、死の匂いを嗅がされただけというお粗末な姿で再び生へ戻された。

朝焼けの光が窓に差し、私を腐臭の漂う現実へと引き戻した。

意識の回復に気づいた母は、そのすべすべした果実のような頬を私に押しつけ、すすり泣いた。

「るい。私のるい。……るいがどんなになっても私にはあなたが必要なの。あなたが大切なの」

母はあのときと同じようにそう言いそう繰り返して泣いた。

母の涙は葉群れから弾け飛ぶ露のように輝き、私の心に入りこんだ。裏切りのない言葉は心地よく、かりそめにも私を幸福にした。

その日以来、死ぬことはやめた。

だが、醜さを思い知った右頬は、それ以来、美しいものから逃げ惑い、同時に美しいものが滅びることを夢想するようになった。

アメリカの天文学者は、地球に小惑星が衝突すれば水素爆弾五十万個のエネルギーが放出されると計算した。このとき、世界中の美と言う美は死の灰に覆われ、血膿に爛れた大地は美とは程遠い醜悪な世界へと化すであろう。

旧約聖書の「創世記」第七章も思い浮べた。

この日、大きな淵の源がことごとく破れ、天の窓は開き、地に四十日と四十夜、雨が降り注ぐ……。

私は息を弾ませ、素裸になった快さを味わった。

……十四歳、普通の娘なみに生理が訪れた。

母は赤飯を炊き、祖母は私のために買っていた、飛びっきり上等の着物を箪笥から出して祝ってくれた。食事が終わると、祖母は待ってたとばかりに私を手招きした。部屋に入ると、鏡台の横の衣桁に、振り袖が袂を広げて掛かっていた。

祖母は目を細めて着物を見、「どうや。可愛い着物やろ。これ、るいちゃんにと思うて、前から買うとったんや」と随分嬉しそうな声を出した。

だがその着物を見た瞬間、思わず後ずさりした。

青空をはいたような薄水色地の振袖は、袂に枝垂桜が楚々と咲きこぼれ、水辺に降り立って羽を休めた鶴の裾模様は、こんな私が浴びるべきはずのない光と風に満ちていた。

何という茶番劇!

私の心は悪戯な春風に飛ばされて、行方を見失ってへばりついた綿毛のようになった。たかだか描かれた鶴や桜ではないか。だが金泥の目を怒らせた鶴は、するどい爪で右頬を引っかき、薄紅色の花びらは、バレエダンサーたちが踊りの手を休めたかのようにさっと通りぬけて行った。

右頬は一匹の生贄の昆虫が中枢神経を一突きされて麻痺したときのように強ばった。このとき口について出た言葉は娘らしい喜びの言葉でなく、

「おばあちゃん。私には綺麗すぎて恐い」だった。

瞬間祖母は目を閉じ、母は息をつめた。

生理の訪れはさらに私を不安定にした。私はふっくら競り上がってくる乳房に慄き、女に変化する辛さに苦しんだ。もしもこの乳房が恋を知り、成熟した女の情熱を語る日が来たとしたら、……いったいどうすればいいのだろう。

私の精神は突風を描いて交差した。

苛立ちはなんといっても母の無傷のつるつるした頬に向けられた。とにかくこの出口が見つからない苛立ちを、誰かを憎むことによって回避しようとしていた。

私は自分の部屋に鍵を掛けて引きこもり、祖母や母を遠ざけた。

母はそんな私の態度に意も介さないと言わんばかりに明るく振舞い、それでいて必死に何かに耐えている風だった。

2　時のあおい――父の誘い

店先の二鉢ほどの朝顔が蔓を伸ばして青く尖った蕾をつけていた。

いつもより早く学校から帰った私は、すぐに部屋に戻らず、水を飲みに寄っただけを装い、店にいる母と鉢合わせするつもりだった。母は思いがけず早く帰った私を見て、ただちに何が起きたかを問いただすであろう。

「どうしたの？　学校で何かあったの」

そしてその内に、得体の知れない反坑心に燃えている私を見て、打ちひしがれるにちがいない。

ざまあみろ！　小気味よい感情がつき上がった。が意に反して母は居なかった。なんだか無性に腹立たしくなり、祖母の、「るいちゃん。帰ったのかい？」に返事もせず、そのままエレベーターに乗り込んだ。警報をそのままに扉を開けたがベルが鳴らない。

（へー、ママ、今日は家にいるんや、だったらちょうどいい）

カバンを下げたまま母の部屋を覗いた。居ない。キッチンを覗いたがそこにも居ない。居間にも居なかった。拍子抜けすると同時にむっときた。

「もう、なんよ!」私は居ない母に声を出して文句を言い、ドッドッと音を立てて廊下を歩き、廊下が隔てるアトリエへ行った。

大通り側は簡素なベッド、バストイレ付きの六畳の洋間で、父の息抜き用の部屋だったと聞いている。私は廊下が隔てるこの小部屋が、まるで隠れ家のように思えて、高校に進む頃ともなると、食事以外のほとんどをここで過している。

隣室の母の悲しみの象徴のようなアトリエは、父の死後ほとんど手つかずのままで、洋間側の棚の最上部には、超ハンサムな青年と厳つい顔の皇帝の胸像が横一列に並んでいた。上段からサイズ別にキャンバスが収まり、最後の下段には世界中の巨匠たちの画集に混じって、父のデッサンブックが相当量、詰まっていた。

母より父の密林の絵はルソイズムだと聞いている。美術の先生の話によると、ルソーの作品は真実とも虚偽ともつかない夢の中のようで、イメージそのものも幻の世界から来ているとのこと、あるいはそのときすでに夢の中でのような世界に足を踏み入れていたのかもしれない。

絶筆の絵は東向きの壁に壁画のように飾られ、その前に使い古したワゴンが荷台のように置かれていた。ワゴンの上をインスタントコーヒーの空き瓶を利用した筆入れが数個並び、ペンキ屋まがいのジャンボ筆は台から筆先がはみ出ていた。

中でも興味を覚えたのは、ミニチュアブックの絵図にでも使用するかのような極小の筆で、キャップをはずして穂先を掌に押し当てると、ずきっと錐にでも突き刺されたかのような痛みを感じた。死の直前まで使っていたと思われるパレットは、ワゴンの下段にあった。円周をチューブから絞り出した状態の絵の具が、岩場にへばりつく貝のように凝固し、それでいてなんとか色味だけは見分けられた。

赤に橙、黄色に緑、茶に朱が滲んでいるような色もあった。瞬間、色の名が浮かび、絵具の端を爪でカリカリ擦った。

小石のような破片が爪の先に入り、それを陽に透かすと、……やはり、インディアンレッドだった。発掘調査で遺跡を見つけ出したかのように心が躍った。続くブルー系と物事の締めくくりのようなホワイトにブラック。

不思議とアトリエの真ん中に立つと、父が持っていたと思われる芸術への熱情がひしひしと伝わり、父を憎みながらも一方では、芸術家へのあこがれのようなものが入り混じり、私を奇妙な気持ちにさせた。ドアの前に立つと少し開いていた。隙間から《菩提樹》が聞えてくる。母がなにかのはずみに「パパはよくこの曲を聞きながら絵を描いていたのよ」と涙ぐみ、それっきり隠してしまったかのように聴えなくなってしまった歌曲……。

――市門の外の噴水の側に／菩提樹が一本立っている／その木の陰でたくさんの甘い夢を見たもんだ――

鍵盤を忍び歩くかのような音色は過ぎた愛を語り、ひっそりと感傷を呼んでいた。レガートに静かに深く、やがて音色は心のざわめきを暗示しながら周囲に父の影を滑らしていった。息を潜めてアトリエを覗いた。すると父の絶筆の絵の前で母が、頭を垂らして泣いていた。

今まで一度としてこんな姿を見たことがなかった。それにしても、何と淋しくくたびれた姿なのだろう。呆然と母を眺めた。

こんな母を目の当たりにしたからには、企てた反乱を諦めるしかなかった。

それからは祖母や母に話をするように努め、ビルですれ違う人にも挨拶ぐらいはすることにした。断っておくが、決して右頬に譲歩したわけではない。外部に向けていた憎しみを内部に閉じ込めただけだ。

阿修羅は通常、常人として暮らしているが、その内部は暗い世界が大手を振って歩いている。その証拠に例えばこんな時に嬉々として輝く。

やたらすました女性が改札口を通り抜け、ホームへと降りて行く。風船のように膨らんだお尻と締まった足首……。黒いロングスカートは風を孕み、衣服と同色のサンダルは薄紅色の踝を際立させている。

トト、トトト、トッ。勢いのついた靴音が私を追い越して女性の脇をすり抜けた。

「あっ！」鋭い声と靴の滑る音、ほとんど同時に悲鳴が上がった。

いつものことだが、今度という今度は、おおバチが当たるかもしれない。この事故を見るなり、私の心に棲みついた阿修羅は声高らかに哄笑し、おまけに女の流す血と涙を飲み込んだのだ。流血を舐め尽くし、災いを讃える阿修羅、狂気の高笑いはやがては恍惚状態へとわけ入る。

いったい私って何者なんだろう。

私の心の鏡には、この世に生を受けたことへの怒りや苦しみがありありと映し出されていた。だがなぜそういった自分を眺めて悄然としているのだろう。

夏休みに入ってまもないある午後、アトリエの床に転がって、本を読んだり、音楽を聴いたりしながらなんとなくだらだら過していると、雨上がりの空にさっと風が湧き窓から陽が射した。

陽は伸びてロフトの梯子を駆け上がり、その奥へと向かった。そこは父の絵の収納庫だが、父を許せない私はまだ一度も上がったこともないし、また上がろうとも思わない。ところがこの日どうしたことか、そこには父の絵への情熱が、湧きたつ夏雲のように広がり、誰かを待ってるかのように思えた。

父が待ってるのは母なのか、私なのか、それとも不特定多数の人たちなのだろうか。

私は陽の足を目で追いながらうろうろと梯子の周りをうろついた。

誰を待ってるんだろう。

母？　私？　それとも私たち以外？　道のない道を歩いてるような一刻が流れ、どうにかやっとある一つの答えにたどり着いた。

父は私に会いたいのだと。私に会い何らかの釈明をしなければならないはずだから。陽はさらに梯子の周りにも広がってワゴンを包み、ワゴンの上の筆をオレンジ色に染めた。このとき自分でも思いがけない行動に出た。

にわかにその場に駆け寄ると、知らず知らずの内に筆を取り上げ、画家のようなポーズで宙にタッチを入れていた。

ふとどこからともなく父の笑い声が聞こえた気がした。途端に喉元がかっと熱くなった。クソ！　私は見えない父を睨みつけ、筆の柄をバシッと噛んだ。

不意にピアノの音が部屋中に響き渡った。

父の絵が息を吹き返したのだ。

——僕はたくさんの愛の言葉をその木に彫り付けた／嬉しい時も悲しい時も／自然に足が向いてしまった——

一瞬密林の画面が風で騒いでいるかのような錯覚を覚えた。

じっと目を凝らすと、壁一面に及んだ陽が、荒々しいタッチが残る巨木の幹に、チカチカとリズミカルな動きを与えていた。

と陽が密林を横切った。ピアノの音色が変り、三連音を引く音が私に不安と緊張を与えようとしていた。耳元で幽かな鳥の羽ばたきが聞こえ、肉厚な葉の繁みから一羽の鳥が、今、まさに飛び立とうとしていた。飛び立った鳥は自然の霊に息づいてゆるりと密林を舞い、まるでオカリナのような音色で一声鳴いた。

それは心の襞に染み入るような涼しげな鳴き声だった。

私の内部にかつてない安らかなときが流れた。

滞った心に清水が湧き、清冽な水の面にきらめく何かが移ろっていた。

それは形が有るわけでも無いわけでもなく、何かの始まりでも終わりでもなく、別の時空からたゆたった、心に囁きかけるかのような幻影だった。しかもうっかり水面に指を突っ込もうものなら、忽ち、かき消えてしまうかのようだった。

これが美と呼ぶものだろうか。もしもこれが美だとしたら、あれほど私を拒絶してるかのようだった美は、私と隣り合わせに坐りやさしかった。

温かいものが心を満たすのを感じた。

私には聞える。窓を叩く風に太古の海鳴りが潜んでいるのを。

誰も気づくまい、私の頬に澄んだ涙が滑り落ちたのを。

考えてみるとこの時の感動が、そう、こっそり、時のあおいと名づけたこの幻影が、私を芸術の道へと歩ませたきっかけだと思っている。

美を生み出す力を授かったのかだって？　まだまだそんな大それた段階ではない。やっと美を美として素直に受け入れ、こんな醜い右頬にも何らかの使命があるのではと思えるようになっただけだ。

物心ついて初めて私は公平に自分の周りを見つめ直すことができた。

自分の醜さだけを呪ってきた心は、自室の前に聳える楠木神社の茂みから、真夏の陽に燃える緑の重なりをごく自然に受け止めていた。

私は恵まれた環境の中で育ち、なおかつ私を愛し信じて疑わない母と祖母がすぐ傍にいる。身体に熱い固まりが滑り落ちた。そして其処から生きるはずである。

時のあおいに触れた心は、美を憎むに任せていた現実を、もう一度見つめ直す眼差しを与えてくれた。が一方それは今まで私が最も恐れてきた、羞恥にまみれた部分ともつながった。夜毎のあのうつ伏せの屈辱にも耐え、それでもなおせり上がる乳房が放つアーモンドの香りとやらである。その結果恋をしてしまった。そんなに驚かないで欲しい。

それとも恋なんて言葉、私には合わないとでも？　いいじゃないの、私にだってロマンスを語る一小節位与えてくれたって。

人は皆、様々な形でメッセージを受け取るもの。例えば微光を秘めた淡い詩からだったり、凶悪な犯罪への同調だったり、あるいはピンクから紫に、さらに灰色に変化する矢車草の花の色や、もしくは毒気を放つ香水の香りからだったりして。

満月の夜に出会い、満月の夜に別れた彼との出来事も、月から私へのメッセージだったのだろうか。その日の満月はたとえようもなく美しく、すべてが月明かりの中に息づいていた。あっ！ 月が真っ黒な海に飛び込んだかのように光が飛び散った。

床の木目が青白い波を描いている。思わず屈みこんだ。指でなぞろうとすると、こっち、こっち、こっちだよ、とまるでからかうかのように光がくるるするると舞い始めた。するる、るー、するするー。目の前でスイングして連なって…、んん？ 小指、親指、……つま先？ が現れた。と線がららーと伸びてアキレス腱の軸をここんとくるみ、さらにふくらはぎを追い、ふくらはぎを覆う衣服のドレープを駆け上がるとたくましい胸板を横切り、二の腕を這った。そのあと息を呑んだ。端正な青年がじっと私を見つめている。波打つ髪から覗く眼は秋の原野、ヘーゼル色。

怖い？ とんでもない。だってその容貌は、あの本棚の上の胸像にそっくりだったから。

「やあ、睨めっこしよう」先に声をかけたのは青年からだった。

そのユーモラスな挨拶に思わずクスリと笑った。

「えっ、睨めっこ？　睨めっこやったら私の方が勝つわ」

「さあ、どうかな、今までずっと僕の方が勝ってきたよ」

「ウソ！　私、自分とそんなことした覚えなんかないわ」

「ハッハッハッハー」青年は快活に笑った。

「君はもう忘れてしまってるだろうけど、君が赤ちゃんの頃、母さんに抱っこされて僕とよく睨めっこしてたよ」

「えっ、本当！」

「ああ、本当だよ。君はりんごのように赤いホッペをしてね、それはそれは可愛かったよ」

私が赤いホッペをしていた？　世界がドキンと波打った。

可愛かった？　可愛いらしい私……。蕩《とろ》けるようにその言葉を聞いていた。

なにしろ私の記憶をどう揺さぶろうが、そんな言葉、辞書の中のことでしかなかったから。

このときもうすでに自分の人生を彼に捧げたようなものだった。

急に親しさがこみ上げて、これまで祖母にも母にすら聞くに聞けなかった幼児の頃の自分を尋ねた。青年は大きく二、三度頷き、それから記憶の糸を探しだすかのようにじっと絵を見た。

「君の父さんは絵を描くために生まれてきたような人でね、片時も絵筆を放したことがなかったよ。しかもこうした大作以外に君や君の母さんをよくスケッチしててね、本棚の一番下のスケッチブックを見てごらん。君たちを描いたデッサンが相当あるはずだから」

母と私を描いたデッサン……。足がじんじんし、どくんどくんした。

スイッチに手を伸ばしながらも、まるで自分の手でないようだった。カチッと幽かにスイッチの入る音がして、ほとんど同時に稲妻に照らし出されたかのように絵が浮かんだ。ギョッ！　立ちすくんだ。一瞬の照明の瞬きが、絵の奥から槍や楯を持った土着の民が躍り出てくるかのように見えた。

「オームマニペネフーム、オームマニペネフーム」

ワッ！　こ、声が聞こえる。獲物を睨む獣の唸り声にも似てる。

「オーム・ヴァジュラ・サットヴァ・フーム。オーム・ヴァジュラ・レケ・アー・フーム」

らんらんと光った目も感じる。

「ヴァジュラ・サットヴァ・フーム。オーム・ヴァジュラ・ブーミ・アー・フーム……」

ヒッ！　呪文？　呪文だ！　途端に頭を咥えられて未開地に引きずり込まれるような恐怖を覚えた。逃げようと周囲を見回した。すでに彼らに囲まれている。

ドドド、ド、ダダダ、ダンダン、ドーン。

突然太鼓の音が壁や窓を叩きアトリエを揺さぶった。

「サマヤ・マヌバラヤ・ヴァジュラ・サットヴア・テノバ、ティシヤ……」

呪文がテンポ急加速、全世界がアクタ一・ビートだ。

「ワワワー」

呪文に合わせて身体が前後左右に揺れ、床が伸びたり縮んだりする。

額から汗が滑り落ちた。

「メル・メル、ハー」「「ヌル・ヌル、フー」「タル・タル、クー」

この後しばらく単調な奇声が続いてたが、再びの「フーム」「フーム」のビートに、まるで催眠術にでもかかったかのように深い闇へと落ちていった。

気づくと密林の上空を浮遊していた。眼下をコバルトブルーの河が大蛇のようにくねり、真緑の密林が天を仰いでいる。

「ホッホー、ホッホー」動物の誇らしげな鳴き声が聴こえる。鳴き声の先、ディープな葉陰の下に人の姿がある。もくもくと絵筆を取っている。ふとその人が空を仰いだ。濃い眉毛と骨っぽい顎のライン。

「あっ!」おぼろげな記憶が父を手繰り寄せた。

「パパー」私は大声で父を呼び、旋回しながらその横に降り立った。

だが父はまったく気づかない。イーゼルの横にスケッチブックがあった。

これこれ、おそるおそる手を伸ばした。表紙は所々炭のようなもので汚れていた。ポンポンと掌で叩いたがなかなか落ちそうもない。指先ではじきながら、ふとこの場に母が居合わせたなら、きっと自分のもっとも幸せだった頃の思い出に、目を覆ってしまったに違いない。

期待に反して最初に目に入ってきたのは、斜線や曲線が黒々とした線描写のみだった。ページを繰り続け、ある画面ではっと手を止めた。そこに見えてきたのは間違いなく母と私だった。母の女子大生のように下げた黒髪は、光を吸って軟らかくうねり、母親の誇りを貯えた白い峰の連峰に、私の……、私が夢にまで見た、赤いりんごの頬が輝いていた。しびれるような快感が全身を貫いた。可愛いい私、可愛らしい私。茫然と絵の自分を見た。すると今の今まで、アルバムにすら目を通していなかったことに気づいた。身体を駆け抜けたりんごの花びらは、仄かな暁の幻影を呼んでいた。

母の声が聞こえた。

「ねっ、パパ。皆がるいのこと、べっぴんさん、べっぴんさんって言うてくれはるんよ。おばあちゃんまでが、るいは親のええとこばかりもろうてきたって」

自慢気な母に父は、

「うん、うん」と頷きながらも視線は私と母を追っている。

「ねっ、るいが大きくなったらいったい何になるんやろ?」

そのとき、鉛筆を置く音がした。どうやら仕上がったらしい。

「るいは人類の類を取って名付けたんやから、人間らしい誇りを持つ子に育つと思うよ。それに僕はただ可愛いだけじゃあなくて、手足がもげたって、それを跳ね退けるだけのバネを持つ子になってほしいと思ってるよ」

偶然の言葉だろうか。いいえ、何気ない夫婦の会話だったと思う。どこの親だってこの位の期待、子供に持ってるはずだから。

それにしてもそれをバネとしてきただろうか。青ざめる私に、

「パパに似たらバネのある子になるわよ。でも私に似たら甘ったれでいい加減。パパ、頼りにしてます」

母は真から幸せそうに笑った。これが人間の笑い声というものだろうか。

母は自分の笑い声で目覚めた私を乳房から離すと、紺と白のボーダーシャツのボタンを片手で器用に留め、それから私の首に手を回してゆっくり抱え上げた。

「るいちゃん。目が覚めたん。あのね、パパがね、るいちゃんは人形やのうて人間になれやって」そう言いながら本棚の前まで行き、

「るいちゃん。メディチのお兄ちゃんがね。今日もよい子にしとったねー、って」

ああ！　彼は赤ん坊の私をずいぶん見てきたのだ。

「君は今夜のように満月の日に生まれたんだよ」

声が優しく私を包んだ。耳が兎のようにピョンと伸びた。

「人間は受胎するときも出産する時も満ち潮の時が多いんだよ。人体の七十パーセントは水分なんだ。だから身体の中で潮の満ち引きがあったって不思議でないよね」

そうなのか、それで私の耳に波が逆巻き、砕ける音が聞こえるのだ。

「生命の誕生ってものは化学や医学で割り切れない何かがあるんだよ。だから自分の誕生も、過去世から発現せしめる何かなんだ」

「あるって、……何が?」ごくんと唾を飲んだ。

「さあ、わからんね。魂の輪廻観とか、霊魂不滅説だとか……」

私の中の生死観は一回転した。かねてから死は呼吸停止、心臓停止、瞳孔が開く、行きつく場所は永遠に目覚めぬ漆黒の闇、と思ってきたから。

3　マシュー——希望への塑像

青年の前身はアナキストだった。

「……僕の本名はロータス・ニコロレイヤ・マシューと言うんだ。十九世紀末のシチリア島で起きた『胃袋の抗議』で一度は死んだ。だがロータスという名が永遠の寿命を讃える神だとかで、メディチ像に復活させられた。さっき言った霊魂不滅説だよ。だが永遠の命なんて最初の内こそ権力の極みだけど、何百年も続くと退屈の果てでね。……滅びるってことがどんなに幸せなことか。ところで君はその向こうの世界がどういうものか知ってみたいと思わないかね？」

「……その向こうの世界って？」おずおず聞いた。

「うーん、そうだな、色と形と匂いの根っこの国ともいうべき場所かな」

「……ひょっとしたら、私が見た、時のあおいような世界？」

「そうそう、君はそう名づけてたね」

「本当にそんな世界があるの？」

「もちろんあるよ。でもほんの一握りの者にしか見えないんだ。それはね、想像への極限の旅、真理の追究とでもいうべき世界かな」

「想像への極限の旅?」

「うーん、そうだな。たとえば君たちの世界を例に上げると、電気スタンドにスイッチを入れると照明がつくだろう。見えない電流が光になって見える、つまり電流が想像力への極限の旅で、旅の末にたどり着いた世界、この場合は光だが、それが真理というものなんだ」

なるほど! ひょっとすると彼は世に拗ねた私たちが、その向こうの世界を知ることでやり直すチャンスを与えようとしてるのかも知れない。

もしかして私は、その世界を知ることで生まれ変われるかも知れない。いや、反対に破滅することになるかも……。ま、仮に破滅したとしても、……うん、悪くない。いい、いいじゃないの。その方が厄介者として生きるよりもずっと花になれる。それに極限の世界を破滅するまで探索できるなんて、なんて右頬にふさわしい運命だろう。私は自分が打ちたてたこの発想に夢中になり、しっかり嵌ってしまった。

高い窓から差し込む明るい光が朝の訪れを知らせていた。

寝返りを打つと硬い感触が骨にくる。

えっ! ここは何処? 飛び起きた。目前に父の絵が大きく飛び込んでくる。瞼を擦りながら周囲を見回した。

アトリエ？　アトリエだ。だとすると、ふー、昨日、ここで眠ってしもうたんや。頭をごんと叩いた。虚ろな頭からマシューという名前が飛び出てくる。

「マシュー！」声に出して呼んだ。びびっと記憶が反応する。

「マシュー」もう一度声にした。

すると甘茶色が草原のように広がり、その中心から光の輪のような形が飛び出して、……突然ヘーゼル色の瞳が浮かんだ。続いてりんごのほっぺと言う言葉も躍りでる。紺と白のボーダーシャツも浮かび、はだけたシャツから乳房のふくらみが見え、その谷間にりんごのほっぺを押しつけてすやすや眠る赤ん坊が浮かんだ。それは自分だ。夢の記憶がそう言っている。ほろ甘い感情が伝わり、密林を描く父を呼び寄せた。それから、それから……、だが続きが出てこない。なに、これ！　乱暴にボンと頭を叩き、寝そべった。

ドドドド、太鼓？　の音が蘇る。

ドドドド……、ドドドド、音が強くなる。……それがどんどん鮮明になって、突然、霧にけむる森が晴れ渡るかのように、夢の一部始終が覚醒した。

そのとき、自分の進路を決めた。

その日の夕食時、母や祖母に美大に進むことを伝えた。

母ははっと箸を運ぶ手を止めて私を見たが、やはりそう、と言わんばかりに頷いた。だが祖母の方は、

「そんな、将来が安定せん仕事は、おばあちゃんは賛成できんね」

と真っ向から反対した。

祖母の反対は刷り込み済みだったので、反論の用意は出来ていた。

「おばあちゃん、安定っていったいどういう意味？　おばあちゃんの言う安定は、どうせ私がこの店を継ぐことでしょ。私は最初からそんな出来レースみたいな、夢のない将来なんて嫌よ。それに言っとくけど、私は超リベラリストよ」

何かと私の生活に口を出したがる祖母への牽制だった。

「……あんたらの年頃の者は、なんでも自由、自由って言うけど、自由を履き違えたらあかん。自由ってもんは人に迷惑をかけずに自立できてこそ言える言葉や。まだまだ父兄が必要な年頃には、大人の言うことに耳を傾けんといかんこともある。……るい。お前は成績もいい。だから死んだパパのように戯れの道に進むよりも薬剤師になって、この店を継ぐ方が自分のためになる。それにビルのローンが終わったら、今の駐車場に次ぎのビルを建ててもええと思ってるし、公子だってそのつもりのはずや」

祖母は同意を求めるかのように母の顔を見た。戯れ？　うまい具合に父の話が出たものだ。私はすぐに戯れという言葉に突っかかった。

「おばあちゃんらの年代はすぐに親の仕事の跡を継がせようとする。パパの仕事のどこが戯れなん。パパのどこがダメなん。私、パパのこと尊敬してる。だって芸術家やもん。それに私みたいな傷もんには、パパみたいにお金で買えん世界が一番おうてる。ね、そうと違う」

思いがけず傷口に触れた。するとどうあがこうがどう嘆こうが、どうにもできない傷口への怨みつらみが一挙にこみ上げ、俄然祖母が憎らしくなった。

私は目を吊り上げて祖母を睨んだ。一瞬、ダイニングに重たい空気が流れた。

祖母は気詰まりげに音を立ててお茶をすすり、その後軽く咳をした。

「そんなに絵の世界に進みたいと言うんやったら、趣味で習うたらどうかね？」

「エッ！　趣味？　そんな年寄りの発想と私が真剣に考えてる芸術の話と、一緒にせんといて」

「ふー。……お前は死んだ父さんに似て、言い始めたら聞かん子やから」

私の反発に祖母はなにごとかを揶揄するような言葉を吐いた。瞬間、私はこの言葉の裏に、祖母と父の確執を見た気がした。祖母の胸には、もしも母が父と結婚していなければ、と言う考えが、未だにどんと腰を据えてるかのようだった。

事実二人が結婚してなければ、疎ましい私は存在しなかったはずだ。

急に怒りが爆発した。

「パパと同じ道に進もうと、浮浪者になろうと私の人生やん。だから、おばあちゃん、もうこれ以上私のことに口出しせんといて」

祖母は私の語気の強さに押されたのか、それともバカバカしいと思ったのか、

「お前はまだまだ子供やさかいに生きるってことがどういう意味か分からへんのや……」と口の中でぼそぼそと言い、溜息をついてそれっきり黙った。

そのときそれまで黙って私たちのやり取りを聞いていた母が顔を上げた。

「ねえ、おばあちゃん。るいが絵の道に進みたいって言うんやったらそうさしたげて。それにるいは案外、洋さんの芸術家の血を引いてるかも知れんし」

懇願する母の様子も腹立しかった。

「私、絵描きになれへん。彫刻家になるねん」

「えっ！　彫刻家？」

「うん。前々からメディチ像に手と足をつける約束してたから」

咄嗟に今朝思いついたことを、さも長い間考えてきたかのように言った。

「えっ！　ま、まあー、ホホホホホー」

母は最初きょとんとしていたが、やがて意味を解したのか、声を立てて笑った。

母の素朴な笑いは、祖母に連鎖して茶の間は一転して明るくなった。

そんなこんな経緯を経て私は何とか美大に行くことが許された。

私はその夜からさっそく絵を描く準備に取り掛かった。

準備といっても棚からマシューを下ろしてデッサンを始めるだけのことだが、いざその気になって像を見上げると思ったより大きい。急に不安になった。一人で下ろすなんて到底無理な話、瞬間母の顔が浮かんだ。けれど人の介入なんて厄介なだけ、だがこのまま意地を張って割ってしまったら……。顔が引きつった。この場に及んでそれはない。それに私を向こう側の世界に誘ったのは彼の方だから、彼にはその世界がどういうものなのかを伝える責任がある。忽然とそういうシナリオが飛び出した。またそうしたシナリオは十分、私と私の右頬を納得させた。

ゴー・ウェイ。しのび足で祖母の部屋の前を通り、母の部屋へと向かった。

母はすでにベッドに横になりテレビを見ていたが、不意の私の来訪に、おやっ？　と不審げにこっちを見た。私はすかさずドアを背で押しながら、

「ママ、メディチを下ろすから手伝って」と小声で頼んだ。

「ま、こんな時間にいったいどうして？」

「うん。デッサン始めるのに、見やすい場所に置こうと思って。けど、一人で下ろしてて、もしも割ってしまったら困るから」

「そりゃそうだけど、でもこんな時間に」母は最初あきれた様子だったが、それでも私の真

剣な様子に、しょうのない娘、と言わんばかりの顔をしてベッドから下りると、まるで事前に私から言いふくめられてたかのように、こっそり祖母の部屋の前を通った。「結構大きいから落とさんといてね」「両手で抱えて、それからそこの台の上にそっと置いてね。そっとよ」「埃は後で私が拭くから、ともかく置いてくれたらいいの。それだけでいいの」

「はーい、はい」母は私の命令口調に嫌な顔一つせず、椅子から手渡す石膏を胸で受け止め、大切そうに机の上に置いた。

「わあー、すごい埃！　ね、るい、埃はパパの部屋のシャワーを使いなさい。濡れた雑巾なんかで拭いたりしたら染みになって、後でシャンプーで洗わないといけなくなるから大変よ」

「えっ？　シャワーで」

「そうよ。これでも経験ありよ。パパが生きてる頃、夏が来ると石膏にシャワーさせてたの」

「………」驚いたがわざと無視した。

「多面体から始めるの？　パパも美大を受験する生徒には、画家になるには正確な技術と確かな物を見る目が必要だと言って、最初の数ヶ月はそうしたもんよ」

「そんなん、自分の考えで決める」

いちいちうるさいな、とばかりにバシッと言った。が内心、さっきのシャワーの話といい、多面体という言葉といい、さすがに画家の妻だったらしいアドバイスだと感心した。

「あのね、あなたが絵を描くにあたって、役に立つかどうか分からないけど、パパの絵の話、ちょっと聞いてね」

母はそう前置きをすると、今まで触れようともしなかった父の思い出話を始めた。

「……パパは小学生で父さんを、高校一年で母さんを亡くしたことは知ってるわね。育ててくれた叔父さん夫婦はとてもよい人だったそうだけど、その内に叔母さんが、余り年の変らない自分の息子とパパを比べるようになって、パパ、ずいぶん気兼ねしたそうよ。ある日、合宿の件で叔母さんとやりあって、居たたまれなくなって家を飛び出して、そのままぼんやりさ迷って、一晩公園で明かしたそうよ。……お巡りさんに保護されて家に帰ったものの、くわしく事情を聞かないまま叔父さんにも叱られて、みじめで孤独だったそうよ。そこでパパは寂しさを癒すために絵を描き始めたの。そして奨学金とバイトで美大に行くことを決めた。

……ママ、あなたが美大に行きたいと言い始めたとき、びっくりしたわ。DNAだと思ったわ。だってパパが絵描きになろうと決めた年頃と同じだもん。

……パパは美大に行って夢中で絵を描いたそうよ。自分の精神の親を作るために。親を作らないと自分が何者か見えてこない、そう思ったそうよ。……ある夜パジャマの袖を通しながら、多摩川を描いた絵の前に立ったんだって。すると後ろの光が絵に自分の影を落として、その絵が白熱に満ち溢れてたそうよ。びっくりして手にとって見直したそうよ。けれどどう眼をこらしてもいつもの自分の風景画なんだって。そしてはっと気づいたんだって。自分は今まで対象に捕らわれすぎてて肝心なものを見ていなかったって。……ママ聞いたの。肝心なものって？

パパはこう言ったわ。対象が発する、色とか匂いとか味とか、そういうエッセンスの部分だって。そしてそのエッセンスの極限に迫ることが真理だって。……それからパパは真理の扉を叩き始めたそうよ。そうして今のパパの絵があるの」

あっ！　マシューと同じことを言っている。驚いて母を見た。

母は絶筆の絵の前でしゃんと背筋を伸ばして立っていた。

「この絵は卵を温めてる鳥に子孫保存の本能を、実を奪い合ってるお猿たちに生命保存の本能を、その上空で睨みをきかせている鷲に自己防衛の本能を表現したんだって。密林は命の成長だそうよ。……こうしてパパの絵の前に立つと、……森羅万象、すべてがいとおしく思えて、……鷲だっていとおしいわ。それに今にもパパの声が聞えてきそうで。……今までママ、パパの話をするのが怖くてね。パパの声を思い出すと、なんだか、あの頃に戻って、また毎日泣いて暮らすんじゃないかと思って」

と幽かに溜息をついた。

「ママ」突然母を抱きしめたい衝動にかられた。

そして今の今までずっと堪えてきた右頬への引け目を、母と一緒に泣いてきれいさっぱり流してしまいたかった。母だって何かに堪えてきたようだから。

だが私はこみ上げてくる母への優しい気持ちを素直に表せなかった。それどころかくるりと母に背を向けると、マシューの髪に積もった埃を指で払いながら、なんとかこの甘ったるい気持ちをかわそうとした。

黙って埃を払い続けた。そうしながら一刻も早く母がアトリエから出て行ってくれるのを願った。母は泣いているようだった。静かに声も洩らさずに。

だがどうしても優しい言葉が掛けられなかった。

ともかく最後まで自分にも母にも素知らぬ風を通すつもりだった。がついにその息苦しさに耐えられなくなった。私はわざと音を軋ませて椅子を引き、元の場所に押し込んだ。音は深夜のアトリエに大げさなほど大きく響いた。

母ははっと我に返るとすばやく涙を拭い、そして振り向いた。

「今日、あなたがパパと同じ道に進みたいって言ったとき、ママ、すごく嬉しかった。…だって事故を起こしたパパを、…あなたがパパのことを今でも憎んでいるんじゃないかとずっと気にしてたの。だからパパを尊敬してるって言われて、嬉しかった。ママもパパのこと、尊敬してる。……ね。こんな話もあるのよ。パパったら、あなたが幼稚園で描いた絵を持って帰ると、それを見て、僕のライバルだって怖がってたわよ」

母は声を立てて笑った。夢の中で聞いた笑い声にそっくりだった。それから、

「さっ！　芸術家さん。しっかりがんばるのよ。これからはママがパトロンよ」

と軽くジョークを飛ばしながらドアを押し、影に滲むように部屋に戻って行った。

それからは時間を見つけるとマシューの前に座った。

煩わしい一日の終わりが、私たちの希望に溢れる一日の始まりだった。

当然マシューは塑像だ。だが描き始めるとあの日の夢の続きが始まるかのようで、特に月の光が額や鼻筋や頬に陰影をもたらすと、今まで遠くを見ていただけのような瞳がヘーゼル色に輝きだし、その輝きの奥になにか不思議な世界が潜んでるかのようだった。そんなときははたと鉛筆を止めてその気配に移ろった。またそうした移ろいは、どんなときであれ、どんな場面であれ、頭のどこかに居座る傷口から逃れたい、と願う強迫観念の解放へとつながった。

ふと気づくと、知らず知らずのうちに微笑んでいたりした。そしてある日とうとうその唇にキスをした。ひやり、と唇の感触を感じたとき、そう、このとき、私たちは恋人同士になったのである。

好き！　小声で叫んだ。不意に涙が零れた。私はキスをした唇を指で押えて泣いた。右頬を癒す一縷の光のために泣いた。辺りに甘い香りが立ち込めていた。

こうしてどんどん夢想が深まり、やがて今こうして生活してるのが仮の世界で、本当の世界はその向こうにあるのだと、そう思い、またそう思いこむことにした。

それがマシューの言う真実の世界かどうかは分からない。だがもしも現実が仮象でその向こうが真実の世界だとしたら…。

私はバリッと自分の傷跡を引き剥がすと、日頃からその美貌を盾に、まるでタレント気取りの同級生の横顔にそれを押しつけた。そしてさもありげに慰めた。

違う！　違う！　右頬は叫んだ。

真実の世界はそんな俗世界にまみれた次元のものではない。見ようにも見えない、その向こうで移ろう、あの時のあおいにも似た美の世界、その部分に一息でも一指でも触れたりした者でしか入り込めないはずだ。少なくとも私とマシューにはその資格がある。またそうした大義名分的な考えは、未だに成功するか否か、それすら定かでない、それでいて母や私の人生の目標になりつつあった右頬の移植の手術を、見えるものだけに価値を求める軽薄な行為と侮蔑して、取りやめることにした。

それに見えない部位とはいえ、移植という身体のどこかに残る新たな傷跡など、もうどの箇所にも見たくもなかった。


一ヵ月後、あれほど拒んできた社会を受け入れることにした。

美大受験の情報を取り寄せる中で、美大受験専門の研究所で指導を受ける必要に迫られたのだ。母は私が自らの意思で手術を拒否したことを、母自身も迷っていただけにむしろほっとした様子だった。その上研究所通いを希望したことで、娘もやっと社会に心を開きかけた、と美しき誤解をしたようだ。

すぐに父の友人だったという画家に電話を入れ、娘が美大に行きたいと言うので、どこか研究所を紹介してほしい、と頼んでいる様子は、所々声を弾ませて、志半ばで逝った亡夫の思い出に浸っているかのようだった。

母は父を愛する佳人を生涯続けるつもりらしい。

母と連れ立って行った研究所は有名私立進学校の校庭内にあり、もと歴代校長の宿舎だった。ラッキーなことに、私の高校からJRで二駅先という近場で、放課後楽々滑り込めた。

母によると、この近くに谷崎潤一郎が「細雪」を執筆した頃の住居、「倚松庵」が有るらしい。駅から十分、校庭内にポッコリ石塀が張り出す建物は、洋館風の二階建てで、近づくと門扉が開いていた。門からはみ出るように木肌のつるりとした幹が枝を広げ、ぱっと拡がった枝先にピンクの小花が陽に揺れている。

「百日紅ね。これはピンクだけど赤と白もあるのよ」

母は私を振り返ってそう言い、うっとり目を細めた。それから、

「玄関のすぐ左が事務所らしいわ。るいの先生になられる方はそこで待って下さってるらしいの」と半円状の煉瓦敷きのポーチまで歩き、そこで立ち止まるとパラソルを閉じ、その後もう一度私の方を振り返り、いいわね、と目で促した。

玄関の扉は、幾何学模様の色ガラスをはめ込んだ洋風なもので、ぐっと押すと頭の上で涼しげな音がして、中に入るとコードペンダントが下る廊下がストンと奥に伸びていた。左右に複数の部屋があり、部屋と部屋の間を情報マップのような伝言板が掛り、それらの隙間にも美大

の案内書やイベントのちらし、美術展のＤＭなどがべたべた張ってあった。

「こんにちは」母は廊下のすぐ横の［事務所］に向かって小声で声を掛け、それから靴箱からスリッパを取り出して私の前に置くと、自分もそれに履き替えて、すたすたそこまで歩き、やや緊張した表情でドアをノックした。

「どうぞ」の声に母は息を整え、私に来なさいと目で誘い、ドアを押した。

そこは白い窓が校庭に張り出した洋間で、窓際に色の褪せた応接セットが寄せられ、部屋の中央の事務机はそれぞれにパソコンが備わっていた。

パソコンを叩いていた男がひょいと顔を上げて軽く会釈をし、それから、

「ちょっと待ってください。今サイトを閉じますから」とパソコンに目を戻した。

「あ、あのー、私たちは急ぎませんので、なんでしたらその間、教室を見学させていただきますけど」

「いやいや、別にたいしたことをしてませんから。あ、も、もう終了しました。いやいや失礼しました。どうぞこちらへ」

男は椅子から立ち上ると、私たちを窓際のソファーに導き、自分もそこに座った。

ずんぐりむっくりの一見その辺のおじさん。だがこの人がこれからの私の先生だ。

「はじめまして私がＭ美術研究所の代表のＭ・Ｈです。」

「こちらこそ、はじめまして。……あのー、私、Ｙ先生よりご紹介を受けました湯川公子です」

母は深々と頭を下げた。

「こちらが娘のるいです」

「……………」黙って頭を下げた。

「はい、聞いております。湯川さんの奥さんですね。実はご主人は僕の大学の先輩なんです」

「あら、では先生もK芸大なんですね。……あのー、実は娘も父親と同じ大学を目指したいと申してるのですが」

「その件もY先生よりご一報いただいております。そりゃあ、楽しみですね。」

「はい。でも、どうなりますやら。あのー、お聞きしておられるかも知れませんか、Y先生と主人は同じ美術協会に所属してましてて……、主人の生前中にはよくお見えになっていただきました」

「ああ、そんなに親しい間柄だったのですか。僕はご主人の作品はよく存じております。エネルギーに満ちた密林の風景が鑑賞者に生きる力を与えて下さる作品でした。お若く亡くなられて、惜しい方でした。……もうどのくらいになりますか」

「……はい、十年になります」母はしんみり答えた。

「……そうですか。じゃあ、これからはお嬢さんがご主人の意志を次ぐ番ですね。いやいやDNAがそうさせたのですよ」

「そうだといいんですが。……実は娘、彫刻家になりたいそうです」

急に母の声が明るくなった。私もうっかりつられた。だが……、

「ほう—、彫刻家？」

先生は驚いて私を見た。あっ！　見てる。傷跡を見てる。そう思った瞬間、右頬にズキンと刺すような痛みが走った。みるみる顔から血の気が引き、自然に頭が垂れた。ママ、胸の内で呻いた。そして母が帰る、と言い出すのを今か今かと待った。

ともかく一秒でも早くこの場から去りたかった。

「がんばんなさい。僕の研究所は優秀な講師が揃ってますからがんばれば大丈夫です。そうそう、それから今度来られる時はこれまでのデッサンを持ってきてください」

しょんぼりと数冊の美大の案内書を受け取り、研究所を出たのはそれからまもなくだった。覚悟の上とはいえこの日の実社会への一歩は、未来への夢を描いて行っただけにひどく私を傷つけた。そしてこの屈辱はこともあろうに母への怒りに変った。

母のどこに非があるというのだ。だがこのどろどろとした感情のマグマを鎮めるには、傷つけられた以上に、あるいはそれ同等の行為で、これと睨んだ相手を責めるしかなかった。私は道々話しかける母に白い目を剥き、ろくろく返事もせずに無視を通した。

分かってる。世の中で私を一番愛してくれてるのは母であることを。

だが幼稚と思われようが次元が低いと取られようが、とにかく世界一安全パイ的な母に怒りをぶっつけることでしかこの屈辱は収まらなかった。

しかも時間がたち、この激しい怒りの嵐が過ぎると、今度はそうした自分に居たたまれなくなり、そのことで一層傷ついた。

しかしこの怒りをどこに沈めればいいと言うのだ。

私は家に帰ると同時に母に背を向けて、自室に飛び込んだ。ドンとドアの閉まる音を背に、どっと涙が溢れた。世の中のすべてが憎くて悔しくってならなかった。私は涙に曇る目でマシューの前に座った。

視線がぶつかり合い、その瞬間、はっと我に返った。

はるか向うを見つめるような眼差しに、共に企てた現実を化象とする考えが躍り出、私に向こう側の世界の探求者だというプライドを思い起こさせたのである。

4　初めての友

研究所に通うのは切りよく一週間後の六月からにした。

そう決めたのも自分だったが、その日が近づくにつれて心配と不安で胃がきりきり痛んだ。その上、美大受験は家族以外の誰にも知られたくなかったので、当日カルトンの入った袋を下げて学校の門をくぐったものの、どこにどう隠すか困りはて、学内をうろついた挙句、結局自分の机の横にたて掛けて置くしかなかった。

席についても「……それ、どうしたん?」とか「絵のサークルに入るん?」と尋ねられるのが心配で、授業どころでなかった。だがそんな心配も取り越し苦労に過ぎず、彼女たちは私に無関心なのか、それとも関わるのを敬遠してるのか、誰からも何も問われることのない、ほっと過ぎた一日だった。

飛び出すように教室を出て、駅から記憶通りに幹線道路を一筋奥の住宅街へ。

校舎の長い塀に沿って歩いて行くと、ボールを打つラケットの音に混じり、「ファイト」「ファイト」と、黄色い声が上がってくる。

最初は気にも留めずに歩いていたが、研究所が近づくにつれてその掛け声までが不安を煽り、しかもファイトの声をまともに受けたその瞬間、不意にすべてを投げ捨てて逃げ帰りたくなった。にわかに今までのように家で描こうかな、という逃げの手が浮かぶ。幾度か足が止まり、それでもなんとか研究所にたどり着けたのは、美大受験でも父のＤＮＡでも、ましてや母の期待でもなかった。マシューと約束したその向こうの世界見たさだった。気づくと誰かに背中を押されたかのように門扉を押していた。

しゃがれ声にも似たきしり音に次ぎ、門はゆっくり開いた。廊下の左側のクラスが母と確認した国公立コースだ。少し開いたドアから盛り上がった話声や笑い声が洩れてくる。ドドッ！急に心臓が唸った。ぎゅっと奥歯を噛んでノブを持った。

ダ、…ダメ、手が震え出す。ノブを放して大きく息を吐き、思い切って引いた。

ギギ、キー、金属の擦れる音がして、大きくドアが開いた。

「キャー、ガハハハ」「ウソー、ゲヘヘヘー」瞬間の爆笑に呆然と立ちすくんだ。

またしてももぞもぞと逃げの手が浮かぶ。

「向こう側の世界が見たいんだろ」頭の隅からそんな声が上がった。

一歩踏み入ると、教室を二分して、それぞれの机の上に古代ギリシャ時代の胸像が置いてあった。胸像をイーゼルと椅子のセットが囲み、開講までまだゆうに三十分あるが、すでに半数近くが席に座り、イーゼルを調節したり、木炭紙を鋲で止めたりと、余裕に本まで読んでいる者もいた。プゥーンと煙草の臭いがした。

そっと振り向くと爆風に飛ばされたようなヘアースタイルの女子が、壁を背にタバコを吸っていた。目立たないように後ろの方から席を探した。

「湯川さん」突然背中を叩かれた。

「わあ！　中野さん」ギョッとした。中野良子だ。彼女とは確か高一のときに同じクラスだったはず。

「自分、今日から？」

「うん。……でも続くかどうかわからへん」

私は悪いことをして見つかったときのように狼狽え、小さな声で答えた。

「ふーん。でもここにきたらもう大丈夫よ。ともかくやらんとあかんという気持ちになるから。ねっ。それよりこっちにおいで、こっちの方が席、ええよ」

「……うん」声に引きずられるかのように隣に座った。

「カバン、椅子の下に置いたら」でカバンを椅子の下に押し込んだ。椅子に座りイーゼルを座高に合わせた後、袋からカルトンを取り出してイーゼルに立て掛けた。

彼女はそんな私をチラチラ見ていたが、木炭紙をカルトンに留めたのを見ると、待ってたかのように、

「ねっ、ここの話やけどね。浪人生が二十人から三十人位で、現役が七、八十人位、そのう

ち三分の二が女子よ。デッサンが終わると全部前に並べられて、それぞれに評価が下されるん。でもそれって他の人のデッサンも見れるし、自分の悪いところもよく分かるしで、すごーく参考になる。ともかく、みんなここが神戸で一番質の高い研究所やと言ってるよ」と早口で耳打ちした。どうやら此処を選んだことに狂いはないらしい。

グググー。突然お腹の虫が鳴った。あわててお腹を叩くと、

「お腹すいとるん。ちょっと待って」

彼女は椅子の下に手を伸ばして、ガサガサ音を立てながら紙袋を取り出すと、

「実は私も今、食べようと思ってたとこ。これ、一つだけど食べて。あのね、これからは何かお腹に入れてる方がいいよ。終わるんが八時回るから、お腹空いて、もうー、もてへんから」とパンを私に手渡し、自分も噛りついた。パンを噛っている間もどんどん生徒が増えてくる。突然教室が静かになった。

首を伸ばすと、母と一緒に尋ねた、あの時の先生が入ってきて、頑丈な首と丈夫そうな肩を廻して、助手らしい人に指示を与えている。

不意に美大受験が目の前にぶらさがった。

果たして彼らの間に入って生き残れるだろうか？

指導方法は目指す大学によってかなり違っていた。

東京のT芸大は、彫塑の木炭デッサンに力を入れるとか、M美大はこうだとか。私の目指すK芸大の場合は、つぶした飲料水の缶とか、キャベツ、白菜、それにインスタントラーメンを袋から半分出したものとか、もう、もう、嫌になる程精緻なものが多かった。それに比べれば色彩構成は楽しかった。幾何学図形の課題に、イメージを膨らませて色鉛筆や水彩で仕上げればよかったから。

こうして恐れていた研究所通いも、デッサン中に漲る緊張感や、休憩のタイマーではじける声などで、知らず知らずの内に仲間意識が生まれ、この空間にして初めて、私は肩を並べて学ぶ楽しさを知った。しかもそうした感情の流れは、一般から少しずれた仲間たちとのごく自然な交流につながり、良子という心を許す友を持つまでに成長した。

良子を花に例えるとひまわりのように明るく、周囲は常に笑いが絶えなかった。特に髪を掻き上げながらのりよく返す会話は、傍で聞いていても楽しく、まさに自由を満喫する今風の若者だった。

父親の仕事は貿易商で、異人館通りで東南アジアの雑貨を扱ってるらしい。

大勢いる友の中から「ね、るい、一度パパのショールームに来ない？　東南アジアの面白いものが沢山ありよ。うーん、そう、そうやね、今度の日曜日辺り、どう？」と誘われたときは耳を疑った。こんな私を友と扱って誘ってくれたのだから。

すぐに「行く」と言うつもりだった。が反射的に出た言葉は、

「今度の日曜日、おばあちゃんがデパート行くんで、ついてってあげんといかんのよ」の、いつもの逃げの大嘘だった。

確かに研究所に通うようになって少しは人の輪に入っていけるようになった。といっても、まだまだ構えずに実社会へ足を踏み入れるには躊躇があった。いくら心を許せる友だからといっても、「ご両親や店員さんに顔の傷を見られたくないから」だなんて、奥の奥の呻きまでは明かせなかった。何度も言うが、右頬の呻きはそうやすやす私から離れようとはしなかった。今にして思えば、あるいはその苦しみを口にする勇気さえあれば、案外その後の世界があったかも知れない。

ところが嘘はつけないもの、その数日後、色彩学の話から、ショールームに行くことになってしまったのだから。

だがうっかり交わしたこの約束を、その後どんなに恨めしく思ったことか。

案の定、約束の日が近づくにつれて心は暗く沈み、重たく目の前にぶら下がった。しかも当日、何の罪もない母に当たり散らして出かける、というタチの悪い外出となった。

ともかくしぶしぶの外出だった。が意に反して初めて歩く異人館街はなんとエキゾチックで魅力的なエリアだったことか。

またそこで見る良子も、黒綿のTシャツにジーンズという何気ないスタイルだったが、しゃれた街並みに溶け込むように合い、レンガ通りは花々で溢れていた。

薄い水色の屋根と同色の窓枠がアクセントの良子の父親のビルは、フラットな四階建てで、ウィンドーのディスプレイは、良子の言う通り、色彩のヒントを詰めたようなカラフルなバッグやアクセサリー、スカーフ類がずらりと並んでいた。

人目を避けようと開店早々を狙ったつもりが裏目に出、着いたときはショールーム前に観光バスが止まり、バスから下りたツアー客でごったがえしていた。

良子はそんな客たちを横目に、

「うちの店、ガイドコースやからバスが着いたらいつもこうなんよ。けどバスが出たら空き空き、そこを覗くのは後からにして、先に二階のインテリアコーナーに行こう。結構めずらしい物ありよ」と、二階へ案内した。

二階のフロアは全体が見渡せる調度品売り場で、原始的なグッズや家具で埋め尽くされていた。

家具なんて何の興味もなかったが、それでも唯一の友の機嫌を損ねては、と良子について回る内に、タペストリーの大胆な原色の配分に度肝をぬかれたり、円の連続を駆け抜ける波線の遊びに、いいよなーとぐんぐん引き込まれ、気づくといやいやここに来たことなどすっかり消え、しかも錆色のキー付きのアンティークなドレッサーを見つけ出したときには、どことも名の知れないアジアの真夏の夜の、何か赤々と燃えつきた、ミステリアスな部分に触れたかのように心が躍った。

変だった。あのときそのキーに触れた瞬間、私は完全に幻の美の虜になっていた。

ドレッサーの引き出しには、

—亜熱帯の燃えるように赤い積乱雲の空が拡がり、駝や椰子の林を映しだす河が流れている—

思い切ってキーを引っ張った。蓋はキーをつけたまま滑るように手前に折れて開いた。が目に入ってきたのは、両横に小引出しが付いた四角い、ただの空間、するとなにかしら快感が走った。

わかった！　私は自分の組み立てた幻の世界が、現実を圧巻させる美に満ちてるのをこの目で確かめたかったのだ。幻こそ私と美を結びつける仲立ちなのだから。

そろりと蓋を閉ざしてキーを回した。そうすることによって、アジアの里が再び化象の世界で満々と水を湛えるのだ。

笑わないで欲しい。私は幻の美に化身した、ライティング・ビューローと称するこの家具を欲しいと思った。

追憶の中でこれが物を初めて欲しいと願った、私の欲望の自覚だった。

……欲望なんて、私の欲望だなんて、死することで消滅する右頬、ただそれだけだったのだから。どう人生を修正しようが、薔薇色の青春も、ほんのりピンクがかった唇も、まして娘たちがこぞって買いあさるブランド品すらも、私には無縁だったのだから。

5　美の森へ――キャンパスの四年

一九九〇年、一年半にも及ぶ研究所通いの結果、私は十倍の倍率で京都のK芸大の美術科を、良子は二十五倍という難門を突破してデザイン科に合格した。

大学の入学式は、青みを帯びた湖水のような空に白雲がダイナミックに揺れ動く日だった。私は入学式に誘われるのを待ってるらしい母に「良子と行くから」と冷たく突き放した。

JR、阪急電車、バスと乗り継いで約二時間、西の空のしめやかな空気に溶けこむように大学があった。校舎は細長い黒枠の窓を際立たせ、山間の緑にまるで新鋭作家のような風貌で屹立していた。中央のピロティを通り抜けると広場で、四角い石を敷き詰めた講堂の前を葉の繁った樹が二本、時折の風にひらめく葉裏を白に変えていた。

音楽部、美術部合同の入学式は午前中で終わった。さっそく講堂の前で『作曲』といた画用紙を掲げる教授（?）のまわりを、美術学部とかけ離れておしゃれな生徒たちが集まりかけている。

「ねっ。まず昼食、とれへん?」

良子の提案で学食に行った。入り口脇で職員たちが冊子を忙しげに手渡していた。座った席は池の全景が見渡せる一面ガラスで、水面に落ちた空の青に木組みにも似た枝や幹が溶け込み、うつろう楼閣を映し出していた。アール状にしな垂れる桜回廊、不意の風紋にさらわれるように崩れて、その後現われた雪柳の白い水路に、山吹きが鮮やかに舞い立った。「あの鳥見て！」良子が私の脇腹を突っついた。ピンクや紫の小さな蕾や花が競う岸辺から、長い首を傾げた白鳥が、黄色い嘴を上下左右と振りながら泳ぎ出てくる。

……陽差しの一部が眩しく光った。

私は平和と称するこの昼下がりの一刻で、さっきまで誇らしげに羽を広げていた白鳥が、小石に撃たれて崩れる幻覚を見た。悶絶する鳥は黒足袋を穿いたような足でカリカリと宙を掻き、やがてはエキセントリックな声を発して絶命した。そしてそれは私自身が右頬を攻め立てる自虐に近い快感だった。

「……どうしたん？　食事が終わったら教室を見て回らへん？」

良子の不審そうな声にはっと我に返った。あわててコーヒーを一口飲み、

「うーん。実は私もそう思ってたとこ。けど、……あの鳥、何ていう名前やろ？」

こんな残酷な幻想、誰にも知られてはならなかった。私は用心深く良子を窺い、逆にそう聞いた。

今日の良子は今までの黒髪が茶髪に変わり、吹く風に合わせるように小さな光が耳下で揺れ

ていた。厚手のセーターは、バストラインで萌木色と濃紺に大胆に分かれ、ぴったり張りつくパンツルックが、いかにもデザイン系らしくしゃれて見えた。それに引き替え私は、制服のようなショートコートにスニーカー……。がこれは印象を薄くして人ごみに紛れる、を隠れ蓑とする右頬への配慮からだ。

昼食後私たちはキャンパス内をうろうろ探索した。春休みなので学生の姿は見当らなかったが、開けっ放しの教室のドアから様々な授業が想像でき、しかもそのほとんどが、中央にベランダ風の収納庫を突き出し、絵やオブジェで溢れ返っていた。

中でもおおっと思ったのは壁面が蛇口と流しだけの制作室で、重々しいジュラルミンの扉、『映像室』の前を通ったときは緊張して息をつめた。最後に四階に上がった。ここは日本画の教室で今までとがらりと様子が違っていた。総板張りの床にアンティークな文机に似た制作机、制作中の紅の芍薬は、今にも庭先から切り取って、花瓶に活けたかのようにリアルだった。

「ねー、るい?　あそこも美術部やろか?」

緑一色のキャンパスの向こうに二階建ての横長の棟が見える。

「ほんまやね。それにあそこだけ横長で、他の棟とだいぶ離れとる」

「じゃー、パンフ見る?」

彼女は手にしたパンフをひろげると、すらっと伸びた指先で地図を追い、横長の棟を見つけると、そこで指を止めた。

「わっ！　ここが彫刻棟や」二人同時に声が出た。

なんと、なんとそこが私の学ぶ彫刻棟！　途端にかっと顔が火照った。

その後教室を出ると、棟の周りをぶらぶら歩き、目についたベンチで休憩した。ベンチの向かいは黒っぽい幹の林だった。林の向こうにも棟が見える。

「ね、先にあそこに寄ってから彫刻棟に行ってもいい？」

その場に行くと『窯場』だった。目で合図しあい、つま先を立ててステン枠のガラスの扉から中を覗いた。

高い天井に高い窓。目を凝らすとコンクリート製の正方形の箱のような物が大小かなり置かれ、その周囲にも土肌色の壺らしきものが相当量あった。

テンポよく良子の口が回りはじめた。

「ね。きっとこれが窯よね。大きいのが一、二、三、中位いのが五、小が二、全部で十基もある。やっぱりここの大学、よく設備が整ってるね」

私は頷きながら、ふと研究所で小耳に挟んだ話を思い出した。

「ね、自分、知ってる。陶芸家は仲間内の結婚が多いそうよ」

「えっ！　なんで？」

黒目がくるりとこちらを向いた。

「うん。灘の研究所の話やけど、陶芸は一旦窯に火を入れると、火から眼、離されんから、泊り込みになるらしいよ。きっとそのとき意気投合するんと違う」

「ふーん、そうかー」急に彼女はうっとりと目を細めた。

「……こんな人里離れた山奥で、窯の火を見守りながら芸術を語り、人生を語り、月や星を追いかけてお互いの中にロマンを見る。でもそんなんて、すごいロマンチックな話やないの。……なんや、私、憧れてしまうわ」

良子は早くも芸大が醸しだす果実に取り憑かれた顔になっていた。

風が湧き木々が鳴った。私は風のなごりを頬に受けながら、窯を這う炎が、蛇がくねるように木肌を舐め、燃え移る瞬間を思い描いた。

真紅の炭素と化した木組みは、獣のような唸り声を上げて崩れ落ちた。


彫刻棟へ結構長い坂を下ると、さっき窓から見た緑のキャンパスはクローバー一色の原っぱで、葉の至るところから親指大の白い花びらが首を伸ばしていた。

棟に着くとそこだけ下屋が大きく張り出ていた。下屋のたたきに胴回りほどの原木や加工板が相当量重なり、左の周路に続く空き地は、アルミや鉄のクラッシュ類が小花を押しつぶして堆く積み上がり、その横の石の軍団は群れを崩していた。

「ねー、この石、教材やったんやろか」

「う、うーん。削った跡があるもんね」

「けどー、こないして見たら、なんや皆、捨てられ軍団みたいで、私、気、重もうなるわ」

良子は気の滅入りそうな声を出した。なるほどそのどれもが定かでない不安を抱えて蹲り、しかもその一つは海星のような影を宿していた。咄嗟に顔をそむけた。そして心の中で呻いた。なぜいつもこう醜いものと右頬を結びつけたがるのだろう。

だがどう回避しようとしても、向こうからすがってくる。

「はよう、行こう」逃げるようにその場から離れた。

逃げても逃げても木漏れ日の落す呪文が追いかけてくる。

「………」

行く手に泥にまみれた半壊のボートが転がっていた。ブルーの破線を引いたボディは、発泡スチロールの船底を横たえて、絡みつく風にガグーガグーと喘いでいた。

赤さびて転がる鉄片、動物の白骨にも似た樹脂の切れ端、至るところから無数の声があがった。人の手によって沈黙を余儀なくされたそれらは、再びの救済を待っているかのようだった。

美術学部は全科合同のガイダンスからスタートした。

授業もごちゃまぜで、このようにジャンルの垣根を外した指導は、全学生が日本画や、油画、彫刻、あるいはデザインや陶芸といった基礎を学ぶことが出来、多様な素材に触れることで、向き不向きを知る良いチャンスとなった。

私たちのクラスは和紙で、全身、三メートル近い飛行機を製作した。開講一番でまず感じたことは、芸大は、特に美術部は、思った以上に私の右頬に適した環境だった。と言うのも、あれほど気に病んでいた仲間たちの視線も、制作や構想のうちに費やされ、当の本人でさえ傷跡を忘れていた日もあったくらいだから。


一週間後に始まった彫刻の講義は、いかにも物作りらしい風貌の教授で、芥子色のクルーネックのセーターに白っぽいチノパン、チノパンと同色のベストは、ほとんど上蓋だけのカラフルなポケットが、左右に六個もついていた。

先生は野々村幹芳と自己紹介した後、ものすごい芸術論を展開した。

「エー、大学の楽しさは、発見と出会い、体験にあります。ところで、今日、君たちのように美術を専攻していながらも、油画か？　彫刻か？　あるいは陶芸か？　と自分の求めているのが見つからない、またこれから先良く似たような悩みを持つときがくるかも知れません。そんな場合は〝好き〟から出発しなさいと言いたい。そうして、体を通して考えてほしい！　頭だけで考えていても答えは見つかりません……。

見る。聞く。接する。そうです。五感に訴えることなのです。そのためには、あなた方は美術館や各メディアを通して出来るだけ広範囲に作品や書物、人間に接しなければなりません。

専門家になるための技術を見るのも大切ですが、思考や感覚、人格にも迫るのです。そしてそこから自分が何をしたいのかを探っていくのです。勿論、あなたがあって全てがあるわけですが、自己を突き詰めるだけでなく、哲学、音楽、経済、宗教、といった多方面のジャンルや、あるいはそういった世界に生きる人との出会いを通して、自己を異化することも表現力を養う大切な要素です。今盛んになりつつあるコンピューターアートにしても、作者自身が多様な視野を持ち、イメージを琢磨していかなければそれはただの箱に過ぎないのです。

……皆さん。表現とは多種のメディアと、情報を発信する側のイメージがクロスされた線上に生成される一つの可能性なのです。一九五二年、モダニズムの音楽の原理を追求したジョン・ケージは、ハーバード大学の無音室で、彼自身の神経回路から発している高い音と、血液が循環している低い音を聞くことによりサイレンスの定義を変えました。彼の有名な『四分、三三秒』という作品は、演奏者がピアノの前に座って蓋を開閉する。それだけのことですが、これは音がないことを示したのではなく、人が音楽を奏でなくとも『音楽的』な音が、ひしめいてることを主張したものなのです。

僕は芸術の説得力は写実だとか抽象だとか前衛だとか、そういうものと別の所にあると思います。ピカソにしてもカンディンスキーにしても、表現主義の作曲家、アーノルド・シェーンベルクにしても彼らの表現は伝統的な技法を越えた、遥か先にあったのです。対象を見たり、思い描いたりする分析力が、それまで他の誰もが分析し得なかった要素を持っていたのです。

……そうです。何かを表現したいという若者の情熱は、古今変わらぬ衝動なのです。大学は決してゴールではなく単なる過程です。

常に自分はいったいなんなんだろう。いかに生きていくかなどと、広くアンテナを張って、試行錯誤を繰り返していくことがこれから始まる大学生活への展開となるでしょう。さて、これから始めようとする彫刻は、人間の思考の立体化です。当然、そのためには真理を追究する『鋭い目と心』と美を創作する『手』が必要になってきます。本科では塑像や石彫、木彫、鋳物、樹脂等を通して基礎的造形力を身につけることから始めます。『量塊』としての対象のとらえ方、対象の内部構造を把握する観察力、そうです。思想、生命、精神をも作品に昇華させるのです」

皆かぶりつきだった。教授はそんな学生たちの様子を満足気に見回した後、急にリラックスして、

「さて、堅い話はこれまでにして、次は彫刻を職業とした場合のマイナーな面でも言っとこうかな」

と右手をかざして指を一本ずつ折っていく。

「まず、汚い。彫塑の場合だと粘土にまみれて衣服はドロドロ、指は粘土の爪。次は危ない。危ないぞー。ひと通りの大工道具を使いこなさねばならないので、油断すると大怪我をする。僕も危うく鏨で指を落としそうになりました。僕の友人は足をやられました。指がまともに全

部揃ってたらラッキーだね」

　誰かが大きな溜め息をついた。教授はニヤリと笑った。

「それからきつい。たとえば等身大の人体になると、七〇キロもの粘土が心棒という骨格にくっつくんだから、そりゃあー、重くって、もう大変な労働だよ」

「エエッ！」「フウー」さっきよりもっと大きな溜息が上がった。

「それに時間がかかる。材料費が高くつく。マーケットが少ない。だから売れない。では、次はプラス面を言うよ。絵描きやデザインを志すものは、ごまんといるが、彫刻家は少ない。その分、敵が少ないので有名になりやすい」

「ワー」笑いの渦が広がった。立ち上がってVサインを出す者もいた。

「それに時間を押し退け、空気を追いやり、上下左右、三六〇度、空間を支配できる。実の所、これが彫刻家の醍醐味なんだ」

　脇の下にじっとり汗が滲んだ。これがその向こうへのスタートだった。


　ゼミと実技の三ヶ月が過ぎ、キャンパス内は早くも旅行にアルバイト、といった夏休みモードに切り替っていた。

　私の場合は運転免許取得だ。だがうっかり教習所に通えば、右頬が不特定多数の人々の目に晒される、右頬に向けられる好奇な目、目、目……。私はこれから始まろうとしている教習所の空気を想像し、頭を抱えた。

制作している間はまだいい。だが……、意識に目を感じると、ただちに傷口が疼き始める。ああ、もう、嫌だ！　私はすべての行動のネックとなっている傷跡が、疎ましく憎くてならなかった。その点良子は希望と喜びの毎日のようだった。今季も貿易商を営む父親にくっついて東南アジアを一回りするらしい。海外旅行の経験豊かな彼女は、すっかり慣れた口調で、「今年は仕入れ、手伝うんよ。若者に受けそうなん、いっちょ、仕入れてくるわ」と、大はしゃぎだ。私の青春は恐れと苦しみ、嘲笑と反抗だと言うのに。


後期の授業が始まり、彫刻基礎に進んだものは私を含めて女子二人、男子四人の六名で他の科に比べると極端に少なかった。

しかも最初の授業の素材は木材で、スタートから塑像と思っていただけに、木のオブジェなんて遠まわりのことでしかなく、苛立たしかった。

そこで週末、気分転換にと我が家の北、「修法《しお》ケ原《はら》」に車を走らせた。

標高五百メートル、谷のカーブは初心者マークにはドキリもあったが、混交林が生い茂る山の空気は新鮮で美味しかった。修法ケ原は池を囲むように森が広がり、地元では手軽なハイキングコースとして知られている。

早朝のせいかハイカーも少なく、わずかな家族連れが訪れている程度で、池のほとりに突き出たレストハウスと貸ボート乗り場はまだ閉まっていた。すぐに出やすいようにと、入り口近くのパーキングに車を置き、『外人墓地』のゲートを潜った。

道はよく整備され、そのまま道なりに歩くと墓標の丘で、ピラミッド型、トーテムポール型、詩人型、マリア様型と、まるで世界中の神々が一斉に祈りを捧げているかのように神々しく、それでいて恐ろしく寂寞としていた。

ごちゃごちゃあってもどうせ人は死ぬ。私はもしこの場で襲われても決して抵抗しないだろうと思った。雲が少しずつ形を変えて流れだし、雲を追うようにトーテムポール型の墓碑影が、刻々と姿を変えた。それは海面に揺らぐ船のようにも見え、しかもそこに飛び乗ると、何処までも幻想の奥に進んで行くかのようだった。


ここはどこ？　何処なの？　両手を広げて空を仰いだ。

このときだった。再び、あの時のあおいが姿を現わしたのが……。

匂いたつ草原、刹那を刻む光と影、
風が頬を撫ぜ、
ああ、風よ、思いっきり私を彼方にほり投げておくれ。

あのときのように頰が涙に濡れ、
あのときと同じ美の入り口に立っていた。

実技が始まったのは二回生になってからだった。

今日も踊り場のロープを占領する、綿パンやシャツ類が風に騒いでいる。

彫塑の講師、河本は木彫を担当した前田とは打って変わった陽気なキャラクターで、名前の忠《ただし》がチューと呼ばれて学生間に人気があった。

四月、ヌードが塑像のスタートとなった。先生の指示通り、実技が始まる三十分前にストーブを入れた。時間がくると教室の外からがやがやと声がして、

「オス、オス、裸婦デッサンに来たよ」と他の科の学生達が数人押しかけた。

えっ！　よその科からも来るの？　さっと右頰が身構えた。

「おーい。湯川、僕だよ」

その中の一人が親しげに声をかけた。もじゃもじゃの髪に濃い顔、良子の彼氏、映像学科の大西くんだ。ほっと緊張がゆるむ。

「……どうして？」

「うん。映像空間を広げるために、アニメーションサークルに入部したんだけど、もっと別

の科も覗いて見ようと思ってね。良子から君の教室で裸婦デッサンがあると聞いたもんだから、来てみたんだ」

どうやら彼も空間を重視しているらしい。

きっかり十分前、現われたモデルは二十代半ばで、キビキビした動作と括れたプロポーションはモデル向きだった。彼女たちは定置のポーズに入る前に自分のもちポーズを披露して制作者の意見を聞く。

「立ちポーズ」の注文にすぐに腰に片手を置いて身体を捻った。脚と足、両足の踝と立脚の位置、腰のくねりが動きを与えて美しい。デッサンでフォルムを極めると、次は骨格となる心棒作りで、これは実物の二分の一とした。そしてこの頃からデッサンに来る者が減り始めて、ある日ついに私一人となった。彼らはきっと自分の科に戻ったのだろう。ガランとなった教室を見て、

「なんだか涼しくなったね」

チュー先生はちょっと淋しそうだが、私にはもってこいの環境となった。

彫塑の第一の工程は粘土付けだ。粘土は表面が柔らかくて中が堅いほうが良いと言う。まず全体につけ、それから脚の位置を固定する。中心は恥骨のあたりだ。絶えず回転器を回しながらモデリング（盛りつけ）とカービング（削る）で形を見つめる。水粘土なので、帰る前に水分をたっぷり含んだ布で全身を巻き、ビニールで覆って空気を遮断しないと、翌朝は乾燥して

ヒビだらけになってしまう。

布を巻いた姿はまるでミイラだ。土付けだけで一カ月もかかってしまった。これから先は器用さと体力が勝負という。

「粘土が抜けやすいように」で、全身に切り金を入れ、この後表面に赤い色で着色した石膏を塗る。これは割り出すときにこの色の層が出てくると、次が真皮だというサインで、これから先は慎重に削れというサインだ。面白いのは石膏が硬化するとき発熱することだ。乾燥すると嘘のように軽くなる。

いよいよ最後の工程、割り出しだ。

「……さて、実を言うと粘土付けまでが作家の領域でね、それから先は職人の仕事なんだ。我々が割り出すと大変だけど、彼等はそりゃあ、もう、手慣れたものだよ。売れる作家はここで頼むんだけど。けれど相当の金がかかる」

「……どの位かかるんですか？」

「うーん。旅費や宿泊費、そこに職人の日当が上乗せかな。京都はもちろん、高岡辺りで釣り鐘を作ってる職人たちがうまいらしいよ。さて無駄話はこれまでにして……」

口元がきゅっと引き閉まった。

「まず、割り出す前に、耳とか鼻とか飛び出た部分が欠けないように黒マジックで注意マークを入れること」と像に印をつけるとゆっくり後ろから抱えて、そっと床に寝かせた。

「足や胴体など大きな箇所はノミを使って、……鼻や目、口等と小さい部分はドライバーで削る。ノミの持ち方はこうだよ」

見ると刃の背が内を向いている。

「決して力を入れないで足の方から割っていく」

と足の部分にノミを当て、その上を金槌でトントン叩いた。がさがさと音がして固まりが落ちていく。そういうプロセスを二三度続けた後、

「一箇所を集中して割らないで全体を割ること。そうしないと薄くなった部分に力がかかって、せっかくの像が壊れてしまうからね。特に指とか耳は薄くて弱いので、回りを削っているうちに一緒に取れてしまうこともある。割り終わってみたら耳が飛んでたり、鼻がなかったりすることも起こりうるよ。…ともかくデリケートな作業でどちらかというと振動で割ると解釈すればいい」

と注意し、持っていた道具を私に手渡した。見よう見まねで割ってみた。思ったより固い。しばらく割り続けると針金が出てきた。

「ちょっと待った」その声で作業をストップする。

「針金が出てくるとその上を軽く叩くんだ。ホラ、こんな風に」

まるで木琴を叩くような手つきだ。見る間に針金の周りの石膏がゆるんで、その周りが割れやすい状態になった。……納得。このことでコツを覚え、割り出しが容易くなった。ふー、額

に汗が滲んだ。

「肉体労働だろう」振り向くといつの間にやって来たのか前田先生がチュー先生の隣に立っていた。久し振りだと思ったが目礼するのが精一杯、そのまま割り出しを続けた。赤い層が見えてきた。

急に疲れを感じた。後ろを振り向くと、すでに前田先生の姿はなかった。ラッキーとばかりに椅子を集めて、その上に倒れこんだ。しばらく休憩した後、気分転換に隣の教室を覗いた。合同ガイダンスで一緒だった滝本麻耶は、アクリルの立体で苦心している。ラッコのニックネームも消えている。タイトルは《ワームホール（時空の歪みによって生じるトンネル）》と言う。

河合君は向いの制作室で鉄と格闘、彼の場合はバーナーを使ってもっと大変そう。気合を入れなおして、削り続けて二時間余り、額の線が見え始めた。もうすぐ完成だ。大まかな線はうまく割れたはずだが、細かい部分はどうなっているのだろう。

出来上がった作品を見るには勇気がいる。飛び散った石膏の層を一ヶ所にまとめるなどして、ぐずぐず引き伸ばしていると、チュー先生がしびれを切らして、

「さあ、片づけはそれまでにしてー。こっちに来なさい」

と作品の前に呼んだ。緊張して身体がこわばってくる。

ヒップポジションはうまく決ってるだろうか？　おそるおそる視線を下半身へとずらす。…

大丈夫。重心のかかった支脚は親指に力を入れて、片方の遊脚との対立を示している。ウエストラインは？　バストが乗ってるだけの胸部はだめ、内臓が入ってるんだ。頭部？　ギョッとした。耳が…両耳が欠けている。バックヘアーの剥き出しの顔は、両耳がないせいか奇妙に凝固して、それでいてそれは私の右頬と同じ醜さを曝け出していた。

見たくない！　見たくない！　塑像から顔を背けた。先生がいなかったら塑像を突き倒していただろう。

「さあ、落ちついて。小さな部分にとらわれないで、まずは客観的に見るとしよう。自分の作品が可愛いでは、そこから出発出来なくなるからね」

先生は作品を横や後ろから、ちょっと屈んで下から覗いたり、とずいぶん丁寧に眺めていたが、その後ムーヴマン（動勢）やモドゥレ（肉付け）、ルリエフ（凹凸感）…といった美術用語でボンボン鋭く批評した。

「君は手はこうだの、脚はこうだの、と頭で作っている部分が目につく。立体は多くの面を刻めば刻むほど立体らしくはなる現象形態だが、それより大切なのは空間をどう捉えるかだ。彫刻家の醍醐味は、時間を押し退けて空気を追いやり、上下左右三六〇度、空間を支配できるところにあるんだ。それも単なる酸素や窒素等の含有量ではなく、エネルギーの詰まった空間といったところかな。……一口にエネルギーの詰まった空間と言うけれど、それを捉えるのは難しい。ちょっとした音に耳をそばだてたり、光や影に色を見たり……。けれどそれを追い求めて、何をどう表現するかで作品の方向性が決まるんだよ」

最後にそう締めくくると、その後欠けた部分に石膏をつけて形を補うと言う、とっておきの虎の巻きを教えてくれた。


一般的に彫刻家たちは縦向きの空間だとか、長い空間だとか、内側だ、外側だと言う空間の方向性に視線を向けたがる。そして次に空間の中で成立している物体の素材と形態、更にそれらを含めた視覚の働きと、現実にそこにあるものとのギャップに興味を示そうとする。だが私の場合は、そういう彫刻的な空間から外れた、現実の向こうで息づく、時のあおい、つまりその向こうの世界への接近が目的だ。

そうであるからモデルは単なる被写体だけであってはならなかった。モデルを見ることで心に映し出されるものに近づき、モデルは私に見られることで移ろう美へと化し、時のあおいに生きるのである。その瞳、その唇、その指先、その足に至るまでが、たとえ天地を逆にしても、ミュージアムに並ぶクーロス像のような、あるいは聖なるものとして屹立する、神殿の石柱のように幻影に息づくものでなければならなかった。


「るい。おはよう」

「あ、久しぶり」

三ノ宮駅の上りホーム、いつもの黄色いポッチンマークに立つ私の肩を良子が叩いた。ブルージーンズのつなぎにグレーのセーター、長くなった髪は後ろに纏めている。

「もう、毎日大変よ、後、三日だもん」

委員に選出された芸大祭のことを言っている。二週間ぶりに出会う彼女は睡眠不足のせいか、へろへろだ。

「そういえば私の科の先輩も野外用の作品を作ってたわ」

「るいは、何か出すん？」

「ううん。まだ仕上がってないんよ」

「ねっ。大きい池を下がった所に、もう一つ小さい池があるでしょ」

「うん。瓢箪みたいな形の？」

「そう、あの辺り平らになっててかなり広いでしょ。あそこフリーマーケットになるんよ。私もパパの会社のドレスとかアクセサリーを売るつもりよ。もち、リサイクル物もありよ」

「へー、そうなん」

「うん。ほとんどが原価もんよ。ねえ、るい、初日においで。Tシャツなんか三百円よ」

「えっ、三百円？」

「言っとくけどオシャレよ。すぐ売り切れると思うけど」

「ほんま。そやったら早よう行くわ」

「うん、待ってるね。ねー、それより電車通学、しんどない？　私、もうたまらんわ。パパに下宿させてって、お伺いたててるんやけど、まだ、お許しが出んのよ」

「……うーん。確かにきついね」

「ねっ、るい。一緒に下宿しない？　この辺で自立しようよ。るいと一緒だったらうちのパパ、絶対にイエス、って言うに決まってるから。パパ、るいのこと、かってるねん。真面目で賢うて、ええお嬢さんや言うて」

良子はいつもの調子で屈託なくそう迫る。世界はまるで自分のものって感じだ。きっと悲しいとか苦しいといったことなど無縁に生きてきたのだ。こうなると嫌味の一つを言いたくなる。

「じゃー、聞いて見る。けど、ひょっとしたら、それ、私が出し汁？」

「ええっ！　ごめんごめん。出し汁かもしれん。けどこんな機会やないとなかなか家、出られへんのよ。ねー。るい、自分も家を出た方が一回り成長できるはずよ」

なるほどいかにも正論めいている。

「成長？　ウーン。それもええね。…それなら、ウーン、一度訊いてみる。けど、どの辺に借りるつもり？」

「実はね。同じ科の子が西門の近くでハイツ借りてるのよ。ラッキーなことに、そこ、この前ひと部屋空いたんよ」

良子はここぞとばかりに力を入れた。

「なんや、もう半分決めてるやん。西門って、大江柿栽培してる辺り？」

「そうそう、その辺り。正直言うと遠すぎるのも理由の一つやけど、一度どうしても一人で生活してみたいんよ」

「やっぱし……。実は私、その話聞いたときから、ひょっとしたらそうかなと思うてた」

「わっ！　同意してくれる。ほんなら、るい、協力してよ。これでるいのママがええって言ってくれたら、決まったみたいなもんよ。あそこのハイツね、２ＤＫの方が四万三千円。１ＤＫが二万五千円……」

「うーん。借りるとしたら、安い方、１ＤＫにするわ。そやないと親、承知してくれへんと思うわ」

「実を言うと、今空いている方、１ＤＫの方なん、先に入っててもいい？　ねっ、とりあえず今日の結果教えてくれる？　うーん、けど私、今日から芸大祭が終わるまで、その子のハイツに泊めてもらうことになってるし。……うーん。そうやね。じゃー、明日の十二時、食堂でどう？」

「うん、分かった。十二時ね」

良子は、同意が取れたのがよほど嬉しいらしく、急に元気になって持ち前の乗りの良い会話で、あれやこれやと芸大祭の準備を聞かせた。

帰路、電車の中で私たちは大学祭に双方の親を誘うことで合意した。良子の目的はハイツを見てもらうことにあるらしいが、私は入学式に母を誘わなかったことへの後ろめたさにあった。

その日の夕食時、良子と約束した下宿の話を切り出せないまま、

「次の日曜日の大学祭、ママとおばあちゃん、一緒に来るでしょ」

後ろめたさは下宿のお願いよりも、大学に来るのが当然という高飛車な態度に出た。ちょうど母は鍋物を温めてテーブルの真ん中に置いたところだった。

私の誘いに母はニッコリした。

「あら、嬉しい。一度行ってみたいって、おばあちゃんと話してたんよ。ねえ、おばあちゃん」

祖母はお皿を手前に引きながら眼鏡越しにじろりと私を見た。

「公子は入学式の日もそう言ってたね」

痛いところをつかれたのでカチンときた。

「そやけど、おばあちゃん、桂、言うたら凄く遠いんよ。それに入学式の日、寒かったやん。今日、良子と相談してたんやけど、ひょっとしたら、私ら下宿するかもしれん」

思わず口が滑った。

「えっ、下宿?」

母と祖母は顔を見合わせた。

「うん。往復、四時間はかかるし、制作でもっと残りとうても、早よう帰らんと遅うなると思うし、これからもどんどん遅うなると思うわ」

「そんなこと、覚悟の上のことやったんと違うかね」

やはり祖母では話にならない。

「そやかっていつも心残りやねん。もうちょっと続けたいと思いながら帰るんが。ねえ、おばあちゃん。二年間だけ下宿させて。その間に取れる単位、全部取るから。ほんなら四回生になったら楽々家から通えると思うわ」

母は黙って聞いてたが、やがて、

「ねえ、おばあちゃん。るいの話を聞いてたら、それもそうやと思うわ。それにこの辺り、夜になると急に人通りが途絶えて、かえって危ないかもしれんし……」

と祖母を説得にかかった。親とは有り難いものだ。こんな私を並みの娘として扱ってくれるんだから。

「………」

祖母はこの一言で黙った。

「良子ちゃんのご両親はどう言っとるん？」

「私と一緒やったらええと言っとるみたい」

母を落とすのは簡単だった。いつだって制作に勉強にとさえ言えば話が通ったのだから。

十一月、三日間の芸大祭が終わると、良子は空いていたハイツにさっさと入居した。彼女らしくもうあの時点で入居を決めていたらしい。ときに音楽棟の方角から風にのって歌声が聞えてくるという。

「早く部屋が空けばいいのにね」と言いながら一向に気にかけてる様子がない。そしてこの頃になると五時が過ぎると大学の周辺は急にぐっと暗くなって、近隣の竹林や立ち枯れた木が頭を垂らして、まるで幽霊が立っているかのようになった。

部屋が空いたのは十二月になってからだった。六畳の間に寸のつまった廊下、廊下の先はミニ台所にバス、トイレ。週末には帰るので荷物は簡単なキッチンセットと当面の着替えに教材、もちろんマシューも一緒だ。

それからの卒業までの年月は、マシューを媒体とした、現実の向うに見え隠れする時のあおい、つまり幻影こそが真実の世界だとした我が美にもっとも溺れた時期だった。とはいえそこから出発した美はまるで深い霧に覆われたかのように隠れ、なかなかその正体を見せようとはしなかった。

そこで形のないものへ寄せる作風は、必然的に塑像という具象表現から、深層心理的な抽象表現へと移っていった。考えてみると、マシューと共にその向こうの世界を探すとした発想自体がすでに抽象化への始まりだったのかも知れない。

抽象の限界に迫ると、ここがミクロの世界なのかマクロなのか、現代なのか過去なのか、あるいは未来を旅しているのかさっぱりわからない無境界の世界に入りこんだ。

……その調子、その調子でスイングしていれば、その向こうの世界に辿りつける。

スイング、スイング、スイング。

無境界の世界は、不気味に膨れ上がって扇動的になったり、逆に魅惑的にきらきら輝いたりした。そしてある日そこに自転しながら軌道を巡る自分自身を見た。自分が何を叫んでいるのか分からなかった。がもう一歩、もう一歩進めば、発してる言葉の意味が掴めそうに感じた。その言葉の意味を知れば、その向こうの世界に近づけるかのように思われた。

春、夏、秋、冬。一日の始り、一日の終り。

SEE SAW SEEN
このようにして私は、どっぷり時のあおいの囚われ人となっていた。

6　出会い、そして別れ

運命とは不可解なものだ。

立体の講師、前田との偶然の出会いが思春期からすでに、もう自分には無縁の世界と決めつけていた恋愛感情へと発展していったのだから。

「湯川君。やっぱり君だ。脇目も振らずに歩いていく姿が、君そっくりだったんで急いで後を追っかけたんだ」

背後から声がして、黒っぽいダウンジャケットの男が私の隣に並んだ。驚いて立ち止まると前田だった。秋、廊下ですれ違ったときに、額の線が見えるほど刈りこんでた髪が耳が被さるまでに伸びている。

「……卒業制作を見に行ったのですか」

肩を並べて歩く気詰まりさにしぶしぶ訊いた。

「うん。展示するのに忙しくてざっとしか見てなかったからね。……ところでこれから、君、何処に行くんだい？」

「え、はい、ＪＲ京都駅行きのバス停までです」

「ちょうどいいや。僕もそのバス停に行くんだ。じゃ、一緒に帰ろう。それにしても今年は雪が多いね」

彼はそう言った後、さしていた傘を私にかざした。タイヤでくだけた雪がアスファルトの道路に所々黒い染みを作っている。

「……展覧会。どうでしたか？」仕方なく話を続けた。

「そうだな、いつものことだけど、若さが直結している発想には刺激されるね。何となく年を感じたりして。……君の《イデアの陰影》なかなかよかったよ。目に見え、耳に聞えるものを比喩的存在としたプラトンの言葉を十分感じたよ」

「………」私はきまり悪げに頷いた。

態度にこそ出さなかったが、一般の人たちから「……いったいこれ何、現してるの」と言われてるような作品を評価してくれたのは嬉しかった。

《イデアの陰影》は、ガソリンスタンドで、使い古したドラム缶を二個調達し、底をくり抜いた後サンドペーパーで磨き、それぞれをホワイトとブラックで塗りつぶした二点一組みの作で、プラトンの『洞窟の比喩』がアイデアだ。

ブラックの方は、私たちの日常を化象と比喩した洞窟の内部を表したもので、ホワイトは、洞窟から出て白日の下で初めて目にするものを真実だとしたもので、この真実なるものを目にすることで、化象が明確になるとした教説に、時のあおいと共通の世界観を見出していたからだ。

「しかもブラックとホワイトの筒に人間の、……シークレットな部分を感じたよ」

「……そんな風に解釈して下さるなんて、とてもうれしいです」

このとき私は一見その辺のおじさんにしか見えない前田が、私が決して誰にも明かしてない、あの、時のあおいの幻想を、「シークレットな部分」と言い当てたことに軽いショックを受けた。しかも「ところでどうだろう。この辺りでお茶でも飲んで、君の作品のテーマを聞かせてくれないかな」と誘おうとまでしている。

ドキンとした。私の作品の底に流れてるのは、なんと言っても、時のあおいの世界、つまりその向こうの世界なのだから。

バス停についたらすぐにでも、「さようなら」を言うつもりだった。これまで一人で大事に抱えてきた、あの時のあおいの世界を、誰にも知られたくなかったから。

だが「え、……えー」とうっかり返事をしてしまった。

雪は細かく煙るように降っていた。雪を避けて飛びこんだ先は、格子戸の引き戸が京都らしい喫茶店、『白拍子』だった。雪のせいか店内はひっそりして、まだ四時をわずか過ぎたばかりなのにライトが目に強く明るんだ。客は少なく私たちの他に二組だった。男性と二人で喫茶店に入るなんてはじめての事で、どう接していいのか分からず、早くもついて来てしまったことを後悔しながら、おずおずと前田の前に座った。

前田はメニューを私に渡して、コーヒーよりココアの方が温まるかも、と言い、私はそれにたいして頷くだけだった。一口飲んだ後、前田は曇った眼鏡をはずして拭きはじめた。眼鏡をきゅきゅきゅと擦って光に透かしている様子は、まるで子供が初めて貰った外国の硬貨を、触ったり眺めたりしてるかのように見え、そのことでなんだか急にリラックスした。

「……実は僕は油彩科卒なんだ」

眼鏡をかけながら前田はぽつりと言った。

「えっ、どうして彫刻に転向したのですか?」

「うーん。大学は卒業したものの絵を描く時間が欲しくて、就職もせず塾でデッサンを教えながら三年過ごして、その間に何度か個展をして、えーっと、えー」

と言葉をつなぎとめながらコーヒーを二口三口飲み、

「うーん。最後の個展の後、パリのカルティエの『現美』に行ったときかな、そのときある作家のシミュレーションアート(過去の文化遺産や既成のものをなぞって「盗む」こと自体に意味を見出す表現)を見て、僕たちの時代の苛立ちのようなものを感じてね。……考えてみると膨大な文化遺産に何千万、何億万もの作品が世界中の美術館に収蔵されている。古い街並みは絵画、建築、壁画、彫刻で溢れ、アニメにポップカルチャー、ジャズにアクアビート、すべてが出尽くしている。……それ以外にどんな発想が湧いて、何が描けるんだっていう悲鳴すら聞こえてきてね。僕は彼のアバンギャルドに文化の皮肉を受け取ったよ」

「……」

彼の芸術への熱い姿勢は好ましかった。

「そのうちにキャンバスに、コラージュを施すようになって、……キャンバスが支持体の、半立体のような作品に変わって、……ついに絵が描けなくなった。……しばらく絵が描けない日が続いて、そのときたまたま木のオブジェを制作している友人に出会って、誘われるまま山に登ったのが立体への転機となったんだ」

「……」

「……山に登って大自然に囲まれたとき、木々の間を雲が走り抜けたり、風が口笛を吹いたりして…。久しぶりにバロック音楽を聴いた気分になったよ。それに山ずみが美味しかった」

「……山ずみ?」

「うん、山から流れてくる自然の水だよ」

ふと彼は自分の饒舌さに気づいたのか、バツの悪そうな顔をして残りのコーヒーに口をつけ、飲み終えると急に話題を変えた。

「ところで作品のことだけど、素材と自分の関わり方について考えたことがある?」

「えっ、どういう意味ですか?」

「うん、僕の場合は木だけど、木への思い入れ。例えば木に森の叫びを聞いたとか、……彼らは生き物だよ。風雪というノミを体に刻みつけた」

（生き物）咄嗟に父の密林が浮かんだ。肉厚な葉をまとった巨木は、父が没するやまもなく擬人化し、あるときは森の番人となって母の元に訪れ、ときにはまがまがしい魔物となって私を威嚇する。しかも母といい私といい、まだそこから出発できないでいる。私は身をすくめて密林の正体を探っていた。

制作が終わると私たちは落ち合って、その辺りの安い居酒屋で夕食を共にし、芸術について語りあった。前田の家は東山の大和大路通りにある扇骨屋で、この通りは昔、扇を加工する商家が多かったらしいが、クーラーの普及とともに次々廃業し、今や彼の家を含めて数件しか残っていないらしい。

「親父は骨の髄まで職人気質でね、足袋に穴が開いてもそこに墨を塗って履く程大まかなのに扇骨のこととなると、まだまだ形になっていない段階の竹にすら、埃がつくと艶が悪くなるとか言って、風呂敷をかけてまわってね。……けどうるさいだけあってこの世界では名が通ってる」

また仕事を支える家族の苦労も大変らしい。母親の役割は割竹の天日干しから始まって、男の仕事とされている木賊の下磨きや、親骨を磨いたり竹目を整えたり、猪の角で艶を出すという最後の工程までこなし、おまけに家事まで背負っている。

「だのに苦労のわりには収入が定まらなくてね。上二人の兄はそんな商売にうんざりしてサラリーマン、末の妹は堅く、奈良の臨済宗の寺に嫁いでるよ」

「じゃー、誰もお店、継がなかったの?」

「そうだよ。もしも繁盛していたとしても僕は親の商売など継ぎたくないし、多分継がなかったと思う。けれど親父のものづくりの精神は、どうやら僕が受け継いだみたいでね、だからこうして金にもならない美術界に首を突っ込んでる」

そうか、彼も私と似た考えで親の仕事には興味がないのだ。

家を出ない理由は母校の週二コマの非常勤講師と、美大受験の塾のバイトが唯一の収入源だという乏しい金銭問題と、制作に時間がかかることにあるらしい。

家に居ればなんとかメシだけは食える。その分を材料費の購入に回したり、金を貯めては次の個展に備えることが出来る。彼は居候の身をそうあげつらった。

「仲間も僕と同様、創作という言葉のメンタリティーに陥って制作活動に明け暮れる貧乏作家ばかりでね、結婚したらしたで、腹の張らない芸術論を食卓に並べて妻子にひもじい思いをさせて、そしてこの頃になってようやく皆が皆、絵なんて芸術品なんて、滅多に売れないものだと痛感する」

そう言いながらも目はきらきらして、芸術への炎はつきないようだった。ふとこのとき私は、彼についていけば新しい未来が拓けるのでは、と思った。そしてその日を境に急速に前田に惹かれていった。

――色とりどりの花を夢に見た／五月の花盛りのようだった。緑の野原の夢を見／楽しげな鳥の叫び声も聞こえていた――

熱情とは生きてる証し、新しいミュージックがはじまった。

耳を澄ませばマイケル・ジャクソンの軽快な歌声が聞こえる。

そう、そうである。ちょっとした何気ない会話がその人の人生を変えるときだってある。あるとき良子の、「……傷はしょうないとしても肌がメチャ白いし、スタイルもいいやん。それに恥ずかしそうに目を逸らして笑うあたりなんか、どこか色っぽくて、……私って、オーバーアクションの方やからそんなんて好みよ」の一言で劣等感の隅に追いやられていた、肌の白さやスタイルの良さが呼び覚まされ、かすかとはいえ自信のようなものが湧いたんだから。

そうなると見るもの、聞くもの、手にするものが今までとまったく違って感じられた。前田に誘われるままに訪れた雪の金閣寺ともなると、これほど存在を主張したものはなかった。

吹き抜けの建物は、雪を副次的に従わせながら自在に変幻し、その壮麗さは絶大な存在を誇った。それに比べると、つかみ所のないこれまでの時のあおいとやらの幻想は、ちっぽけなだった。

美に過ぎなかった。

こうして実在するものが輝きを増すにつけて、私を支配してきた幻想の美は色あせていくのだった。

肉体のつながりは人生の一つの章の始まりだった。

一緒になったのは、卒業を間近に控えた二月、冬の日本海を見たさに旅をしたときだった。

「……るいちゃん、来てごらん。満月だよ」

どうやら大浴場から戻ってくるのを待っていたらしい。

「えっ、満月？」急いで声の方に行った。

廊下の向こうのガラス戸から空を見上げている。

「そう、満月だよ。煌々と輝いてる。でもこんな月を見ると、いつの頃だったかな、…テレビで戦死した画学生の月の遺作を思い出してしまってね。無念だっただろうな、存分に絵筆をとりたかっただろうな、憲法第九条は彼らの命の代償だな、とか考えてしまってね。あるいは月は、志半ばで散った若者たちの鎮魂の碑かも知れないね」

「……」

しんみりした口調に咄嗟に言葉が無く、黙って横に並んだ。

「ごめん、ごめん。こんな重い話をして」

彼は湿ったその場の空気にあわててそう謝ると、私の立つガラス窓に目をやって、

「僕の前においで。……こっちからの方がよく見えるよ」と二三歩後ろに下がった。

「ほんと、綺麗！」

前田の前に立つと、その部分だけ曇りのない窓から満月が輝いている。

「……だろう。部屋が温かくてガラスが曇ったから、そこだけ袖で拭いたんだ」

前田は何かにつけて、そう、今日のように優しかった。

月下を松の枝の陰影が屋根つき門へと続き、さらにその先を白い帯のような小道が日本海のうねりを運んでくる。

「あっ！」私は前田の後ろに隠れた。

「……なになに、どうしたんや？」

「あの松の枝が槍のように光ったん」

「月の光だろ。ハハハ、月が超特急で光を落としていったのさ」

「風がないのに変。なんか、私に怒ってるみたい」

あれほど思い入れた満月を、もう過去の話のように片付けようとしている自分に後ろめたさがあった。

「それは月がるいに嫉妬したのさ。ぼくの奥さんは、自分に劣らないほど白い肌の持ち主で、

おまけに美人やって」

彼はそう言いながら肩をギュッと抱き寄せるとキスをした。

そのとき何かが崩れ落ちる音を聞いた気がした。はっと耳を澄ませたが、それもほんの束の間で、さらに強く抱きしめる彼の腕の中で聞こえなくなってしまった。

翌朝前田の腕の中で目覚めた。そして、そっと布団から抜け出し、「シャワーを浴びてくる」と言い残して浴室に向かった。足音を忍ばせながら浴室に行くと、鈍い光が寒々しく洗面所を照らしていた。ゾクゾクとした冷気に急いで湯船に湯を張った。歯を磨きながら湯舟の湯が満杯になるのを待ち、余りの寒さに湯が湯舟を半分越えた時点で湯に浸かった。

素裸になると急に女になった戸惑いが身体を走った。あわてて湯舟に隠れるように身を沈めた。湯は温かく、ザーザーとリズミカルな音を立てて満ちてきた。

穏やかな夢のような朝だった。

部屋に戻ると前田はまだ寝ていた。足音を忍ばせて廊下に立ち、細くカーテンを開けた。昨夜眺めた大海原を結ぶ細い道や、宿の送迎車から見たひなびた二階家屋が一夜の内に壮麗な白銀の世界へと変っている。

「雪！　雪よ！　早く起きて！」

声を弾ませながら前田を起し、さっとカーテンを開けた。

洪水のように光が部屋に射しこみ、ほとんど同時に「雪だって？」と前田はむっくり起き上がった。雪は私たちを子供の心に戻した。

「おっ！　こりゃすごい、すごいや。さすがここまで来ると雪の量が違うね」

そうはしゃぎだした前田に、

「でしょ。外に行かん？　海、見に行こう」

「うん、そうだね。僕も今そう思ったところや。じゃー、しっかり防寒して朝めし前に散歩でもするか」

私たちはうきうきと着替えに掛った。何のことはない、私は自分が思うよりもずっとアウトドアタイプなのだ。

さっとねまきを脱ぎ、シャツにセーター、ジーンズに着がえた前田は、

「そんなに急がなくていいよ。僕は男だから着替えが簡単なんだ」

とせっかちな私に気をつかった。

外に出ると一面が雪野原で、朝日が眩しく反射していた。海岸に向かう雪道は海鳴りを孕み、風はたまらなく冷たく、肌を刺した。

「マフラーを忘れてきたので寒い、寒い」と大げさに騒ぐと、（事実寒かった）前田は自分の首に巻いていたマフラーをさっと外して、それを私の首に巻きつけた。

普通の娘ならこんなシーン、きっとうっとりするだろう。だが私の心の映像は、こんな場合に限ってケロイドの頬を克明に映し出す。さっと地面に目を落とすと、

「るいちゃん、後にも先にも一度しか言わないけれど、言ってもいいかい」

と訊きながらいきなり両手で私の顔を包んだ。それから、

「君は傷のことを気にしてるみたいだけど、僕はなんとも思ってないよ。それにそんなこと問題にならないほど、君は素敵な部分をたくさん持ってるよ。僕なんか、君の教室を担当して以来、ずっと君のことを思ってきたよ」と励まし、

「それに君は作家になるんだろう。頑張るんだ。これから先、何があっても僕は君を守ってみせるよ」と瞳の奥を見つめた。

このときはじめて人前で涙を流した。心が求めるままに少女のように泣いた。前田の温もりに守られているという幸せを噛みしめながら。

根っからの京都人の彼は「これほどの雪は京都にはない」と言いながらも、雪には慣れてるようだった。私は彼に言われるままに、小股で雪を踏んで歩いた。

五分も歩くとグレーの大海原に堤防が突き出ていた。テトラポットに白波が打ちつけ、日本海は深い唸り声を上げていた。

雪はあらゆるものを途方もなく神話的なボルテージへと駆りたてるかのように降り止む気配を見せなかった。

宿のおかみさんたちは私たちのことを、

「新婚さん」と呼んだ。私たちもくすぐったくその呼び名に甘んじていた。

それからの日々、私はある種の異化作用が働く日常に、明るく自在する自分を目を見張る思いで過していた。

この時点までは、卒業と同時に双方の親元を訪れ、結婚宣言するつもりだった。

良子は思いがけない私の恋愛に、目が飛び出るかのように驚き、挫折している自分の恋愛を嘆いた。だがそうした結婚序奏曲もマシューーを失ったことであっさりと消えてしまった。今更だがマシューーを落として割ってしまったことぐらいで、どうしてあそこまで思いつめたのか分からない。ひょっとしたら旅先で前田と共に眺めた満月が、マシューーが現れたあの夜の満月と重なり、私を普通でない状況に追い込んだのかも知れない。なにしろマシューーが粉々になったその瞬間、月の光が満ち潮のように辺り一面に満ちてきて、私の美をさらって行ったのだから。

マシューーを失うということは、マシューーと私を結びつけてきた、その向こうを探るという行為が拒絶されたにも等しかった。

罰だという言葉が一挙に吹き上がり、ほとんど同時にこれまでのマシューーとの美しい思い出が古寺に咲く花のように浮かんだ。

こんな状況になって分かったのだが、私はまだまだ移ろう美、時のあおいの囚われ人だった。そしてそのとき、存在をこう確信した。

非在のものを見つめる目があって存在が輝くのだと。つまり非在の内に真実があるのだと。雪の金閣寺にしても、日本海のあの清らかに美しい満月にしてもそうだ。目に見えない何かの働きがあったからこそ、あのように壮大な存在を誇れたのだ。

あの輝くヘーゼル色の瞳、ハイグレーに波打つナチュラルヘアー、あの優しさ、あの微笑み…。

今日ほどマシューを恋しいと思ったことはなかった。

なぜ私は前田に惑わされたのだろう。しかもそう気づけば気づくほどに、マシューそのものが美に思えてならなかった。

こうなるとただの塑像じゃないかという論理は通用しなかった。なにしろマシューは何百年以上の歴史を背負って我が家に住み、悲嘆にねじれた私に、美を追求するという眼差しを与えてくれたのだから。だのに彼を無視し想像の旅を中止した。

それは私の人生の放棄ではないか。今一度なんとかしてマシューに擦り寄ろうとした。だがどう呼び返そうがマシューは、再び私の前に現われることはなかった。

私とマシューの関係は絶たれた。これで私の美の根は枯れた。

茫然自失の末そう考えた。それは前田との別れでもあった。

エピローグ

遅きに失したが白状しよう。

私が追っかけていた美とは、光と影に移ろう美でもなく、真理の探求、と言った大義名分的なものでもなかった。右頰の苦悩が作り出した現実否定の末の逃避先、まさにそれだった。軌道を巡る自分の声にしても、過去を葬って新生児になろうとする私に、なおも取りすがろうとする右頰に向かって、死ねー、死ねー、と叫んでいたのである。せめて前田に右頰が日々犯す、嘲笑、侮辱、否定、反抗……を告白していれば、彼ならあの頃のそうした私の精神の捩れを、きっと自己修復の一環として受け止めてくれたであろう。だが私は彼の前でそんな醜い心をさらけ出したくなかった。ただ恰好よく、創作に悩む純真な芸術家の卵でありたかった。

言い訳だが、自分の座標軸を見失った私はまるで恋人を喪ったかのようにヒステリックに泣き喚き、マシューと共に真の世界を歩こうとした幻影を前田に告げるチャンスを逃がしてしまった。

だが青春時代の男と女の別れなんて、案外こんなものかもしれない。

移ろうもの、それはこの世の現象であり、それ自体まぎれもなく実在するものだった。

私は醜い傷痕から逃げ惑い、自爆の道を歩くために幻影を追い、幻影に命を宿そうとした。近しと思えば遠く、馴染んだかと思えば隔たる現実を生きぬくために、どんなにか仮象の世界を必要としたことか。

真実に背を向け、現実から逃げ惑ってきた私に、ものを見る目なんてあるのだろうか？　私の美とは？　私の作品とは？　生きるということは？

デッサンを繰り返してはそう自問し、描いたデッサンを破っては答えを見つけ出そうとした。自問自答が続き、耐えきれなくなって、ふと陽に燃える夏雲にも似た父の絵への情熱を思い出した。

私は父に呼び寄せられたかのようにロフトのハシゴを踏んだ。

美は形而上の先端に打ち込まれた確かな一点だ。それは誰のものでもあって、誰のものでもない。だが人間はそこに美しきドラマツルギーを創造し、カテドラルの頂きを築いた。蒼穹から降り注ぐ鐘の音に、私のちっぽけな美なんてなんの意味があるのだろう。

あるがままに見つめ、あるがままに受け止め、あるがままに生き、去って行く。

そう、世界とは何ごとも決して仮象ではないということ、存在を洞察する眼差しにこそ真理、つまりその向こうの世界が見えるのである。

あれから十年、絵画に転向した私は、父のアトリエで絵画教室を開いている。

手元の新聞には前田の個展に関する美術評論が載っている。明日は最終日、思い切って前田を訪ね、私の美、マシューについて語るつもりだ。

美というものほど言葉の定まらないものはない。

時代と流行を乗り越え、百年以上も良いものともなると、神仏のようにさえ感じる。そしてそれが世界と人間を結ぶ宇宙の詩文である。

父の密林の絵もきっとそうなのだ。

参考文献

河口龍夫『言葉・時間・生命』（東京国立近代美術館）
中沢新一『虹の階梯』（中公文庫）
栗原容子・白石美幸『物理学者からの音のアプローチ』
秋岡美帆・小林信之「影像の美学―シンポジウムの記録」（天門００２）
フランツ・シューベルト「歌曲集　冬の旅」
ヴィルヘルム・ミュラー「歌詩　菩提樹」
武蔵野美術大学「一九九五年度案内書」

摘今日子（つむ　きょうこ）
神戸市在住
武蔵野美術短期大学卒業
こうべ芸術文化会議会員
日本美術家連盟会員
著書『良く繁った果樹園の影で』（2003年）
　　『美への賛歌』（2011年）
　　『バイオレットボイス』（2012年）
　　『神戸ネコ物語』（2016年）

るい　その向こうの世界
2017年9月22日初版第1刷発行

著　者――摘今日子
発行者――日高徳迪
装　丁――臼井新太郎
装　画――摘今日子
印　刷――倉敷印刷
製　本――壺屋製本

発行所　株式会社西田書店
〒101-0051 東京都千代田区神田神保町 2-34 山本ビル
Tel 03-3261-4509　Fax 03-3262-4643
http://www.nishida-shoten.co.jp

ISBN978-4-88866-618-3 C0093
＊定価はカバーに表示してあります。
＊乱丁・落丁本はお取替えいたします（送料小社負担）。